国家古籍整理出版专项经费资助项目

明清小品丛书

A Series
of
Essays
in
Ming and Qing
Dynasties

张岱小品

〔明〕张岱 著
苗怀明 注评

中州古籍出版社
· 郑州 ·

图书在版编目(CIP)数据

张岱小品 /(明)张岱著;苗怀明注评. —郑州:中州古籍出版社,2023.12
(明清小品丛书)
ISBN 978-7-5738-1066-3

Ⅰ.①张… Ⅱ.①张…②苗… Ⅲ.①小品文-作品集-中国-明代 Ⅳ.①I264.8

中国国家版本馆CIP数据核字(2023)第228460号

ZHANG DAI XIAOPIN
张岱小品

出 版 人	许绍山
选题策划	梁瑞霞
责任编辑	梁瑞霞
责任校对	唐志辉
美术编辑	曾晶晶
封面设计	黄桂敏

出 版 社	中州古籍出版社(地址:郑州市郑东新区祥盛街27号6层 邮编:450016 电话:0371-65788693)
发行单位	河南省新华书店发行集团有限公司
承印单位	河南瑞之光印刷股份有限公司
开　　本	787 mm×1092 mm　　1/32
印　　张	11.625
字　　数	260千字
版　　次	2023年12月第1版
印　　次	2023年12月第1次印刷
定　　价	59.00元

本书如有印装质量问题,请联系出版社调换。

繁华过眼　逝水流年（代序）

对明末清初的文学家来说，生活在那个过于戏剧性的时代究竟是一种幸运还是一种不幸呢？尽管历史是不能假设的，生活在某一个时代是命中注定的事情，但这种假设并非没有意义，它可以让我们在一个大的时代背景下仿若身临现场、非常感性地思考一位作家的命运和创作。

一

具体到张岱本人来说，生活在那个时期是幸运的，但也是不幸的。

说幸运，是因为他出生在浙江绍兴一个门第显赫的世宦富贵之家。高祖张天复，嘉靖二十六年（1547）进士。历任礼部主事、云南按察司副使、甘肃道行太仆卿。著有《皇舆考》《鸣玉堂稿》等。曾祖张元忭，隆庆五年（1571）状元，历任翰林院修撰、左谕德、直经筵。著有《不二斋文选》《绍兴府志》《云门志略》等。祖父张汝霖，万历二十三年（1595）进士。历任兵部主事，山东、贵州、广西副使。著有《荷珠录》《郊居杂记》等。父亲张耀芳，以副榜出身，曾任鲁藩右长史。

与家族丰厚积累相应的，是当时正处于整个明王朝的发展繁盛期。在明代中后期，整个大明帝国特别是江南地区呈现出一派盛世景象。在这种富足环境中孕育生长的文学艺术呈现出鲜明的时代特征，就当时的文坛而言，出现了一股新的思想潮流，文人骚客张扬个性，挥洒才情，摆脱各种思想的禁锢，追求雅致安逸的生活品质，人们所盛赞的晚明小品文即是在这种社会文化环境下产生的。

生于这样的家庭，遇到这样的时代，张岱前半生过着锦衣玉食、声色犬马的生活，可以说享尽人间繁华："少为纨绔子弟，极爱繁华，好精舍，好美婢，好娈童，好鲜衣，好美食，好骏马，好华灯,好烟火,好梨园,好鼓吹,好古董,好花鸟,兼以茶淫桔虐,书蠹诗魔。"从这个角度来看,张岱无疑是一个幸运儿,无论是那个时代还是那个家族,都给了他丰富的物质享受和丰厚的精神滋养。

然而,命运之神并不总是垂青某一个人,正如人们常说的乐极生悲,不幸很快降临。随着帝都景山一个歪脖树上崇祯皇帝的吊死,残酷血腥的改朝换代猝不及防地拉开了序幕,这不仅改变了国家的命运,也彻底改变了张岱的生活。

沧桑巨变,打碎了温柔乡里的清闲自由;国破家亡,成为刻骨铭心的生活体验和实实在在的人生感受。"繁华靡丽,过眼皆空,五十年来,总成一梦",富贵繁华如过眼云烟,品茶、赏花、听戏、宴会、远游,这些曾经普通的日常如今已成为遥不可及的梦想和奢望,张岱的生活陷于十分困窘的境地,"所存者,破床碎几,折鼎病琴,与残书数帙,缺砚一方而已。布衣蔬食,常至断炊",与亡国丧家之痛一起袭来的还有兵匪的敲诈、清兵的追捕……

但就在如此凶险的困境中,张岱依然保持着一个读书人的人格和尊严。明亡之后,他积极奔走，图谋复兴大业；抗清失败后，他以遗民自居，拒绝接受新朝，展现出国家兴亡、匹夫有责的文人气节。他以天下苍生为念，完成了一部又一部著作，试图给后人留下一段可信的历史，让后人真实了解那些曾经活着的人物和那些曾经发生的事情。他的作品包括两个部分：一部分是关于军国大事的，如《石匮书》《石匮书后集》《史阙》等；另一部分则是属于他个人的，如《陶庵梦忆》《西湖梦寻》《琅嬛文集》等。

正是这些著述成就了一位令人钦佩的历史学家，成就了一位个性独具的优秀作家。可见人生的幸与不幸是不能一概而论的，正如清人赵翼所说："国家不幸诗家幸，赋到沧桑句便工。"

二

作为文学家的张岱，其创作涉及诗文辞赋各体，皆有不俗的成就，当然其中最为后人称道的是小品文。晚明时期是小品文的鼎盛期，涌现了一批优秀的作家，如归有光、袁宏道、陈继儒、钟惺等，他们才华独具，风格各异，呈现出百花齐放的景象。要论晚明小品文成就的最高成就，则非张岱莫属。张岱可以说是晚明小品文成就的高峰,也是晚明小品文的集大成者。

晚明小品文的优势同时也是它的缺陷,在抒发性灵、展示才情的同时,不少文字失之轻浮与油滑,缺少打动人心的精神和力量。张岱的文字正好弥补了晚明小品文的这一缺憾,将丧国破家的易代之痛、兴亡之感用空灵精致的文字表现出来,别有一种凄婉沧桑之美。

最能体现张岱小品文成就与特色的是《陶庵梦忆》和《西湖梦寻》,两部书既是张岱个人的日常生活史,也是一幅晚明时期的社会生活画卷。通过作者的经历和见闻,可见晚明时期江南地区的富足生活,特别是衣食住行、社会习俗的各个方面。由于是苦难过后的追忆,作者不自觉地会过滤掉很多记忆,只留下那些最为美好、最值得留恋的东西,以此来表达故国之思、乡土之情,抒发沧桑之感,寄托兴亡之叹。

在书中,作者不时表达出深深的忏悔之意,不过,该忏悔的不是他这样一介书生,而应该是那些高高在上的皇帝和显赫一时的权臣们。从这个角度来看,他不仅仅是一个人在忏悔,也是在替一群人进行忏悔,替一个王朝进行忏悔。也正是这种忏悔,使其小品文字洗去了常见的轻浮和空疏,从而显得充实而厚重。

这种生活经历和创作心态,很容易让人联想到曹雪芹和他的《红楼梦》。的确,无论是作者的生活经历,还是创作动机,乃至表述方式,两书都有很多相似之处。《红楼梦》一书写尽贾府的荣华富贵,但它绝不是一部富贵生活的教科书,而是一部作者痛定思痛后写出的血泪文字,正所谓"满纸荒唐言,一把辛酸泪"——对《陶庵梦忆》《西湖梦寻》也应作如是观。

张岱小品文所写,多是日常生活中随处可见的人物、物品和场景,但这种生活是已经被高度艺术化的生活,无论是品茶还是饮酒,无论是日常摆设还是家中藏品,既有实用性,又具艺术性,岁月的烟云在其间弥漫,文字如同陈年佳酿,散发出耐人回味的幽香。生动传神的文笔将读者带到现场,仿佛与作者一起品尝人生的盛宴。正当读者在如诗如画的艺术氛围中如痴如醉时,作者却在不经意间告知,所有的这些已经在兵荒马乱中毁灭,文章到此,戛然而止。繁华与凄凉的鲜明对比形成强大的震撼力量,给读者留下了无限的感叹和遐想。

文学的感染之外，这些小品文字还有史料价值。作者描绘的种种生活细节在当时看来，也许是司空见惯的，但在今天，却有着非常重要的史料价值。这些琐细、个人化的东西，各种官方文书档案是不屑于记载的。因此如果要了解晚明时期江南地区民众特别是士人阶层的生活情况和心理状态，以《陶庵梦忆》《西湖梦寻》为代表的这类书籍的价值是无可替代的。

总的来看，张岱是晚明小品文的代表人物，他融各家之长，将这一类文体的创作推向一个新的艺术高度。这些作品，或写地方风物，或写名胜古迹，或写节庆民俗，所谈皆日常琐事，但文笔清新、流丽，写人叙事，娓娓道来，情趣盎然，具有很强的可读性。

三

为了更为全面深入地了解张岱其人其文，展示其不俗的文学成就，本书从张岱各类著述中精选其小品文一百余篇，基本上反映出他小品创作的全貌和特点。

全书以类编排，根据作品的内容分为奇人、

轶事、美景、方物、妙文五卷。因张岱小品文主要见于《陶庵梦忆》《西湖梦寻》，故从两书选录者较多，其中《西湖梦寻》一书每篇作品后附录颇多历代诗文，为便于读者欣赏小品文，予以删除。两书之外，还从张岱的《琅嬛文集》《夜航船》《石匮书》《张子说铃》《张子文秕》等著作中选收了数篇序跋、与朋友的书信等。对所收文章，皆做有注释，主要对人物、地名、典故、难解的词语进行解释介绍，为读者扫清阅读障碍。

最后要说明的是，我的几位研究生也参与了本书的编写，他们主要负责选自《西湖梦寻》部分小品文的校注工作，其中顾阅微同学负责卷一、卷四，吴霞同学负责卷二、卷五，梁钊月同学负责卷三。孙甲智兄协助我进行校对。在此深表谢意。

书中肯定还存在一些问题，请读者诸君批评指正。

苗怀明
2020年12月4日

目 录

卷一 奇人

濮仲谦雕刻 /3

沈梅冈 /5

闵老子茶 /8

包涵所 /12

祁止祥癖 /15

范长白 /18

姚简叔画 /21

柳敬亭说书 /24

麋公 /27

朱楚生 /29

彭天锡串戏 /31

朱氏收藏 /34

仲叔古董 /37

噱社 /41

愚公谷　　/43

王月生　　/46

范与兰　　/50

岣嵝山房（一）　　/52

苏小小墓　　/55

小青佛舍　　/57

钱王祠　　/59

鲁云谷传　　/63

卷二　轶事

金山夜戏　　/69

砎园　　/71

葑门荷宕　　/73

越俗扫墓　　/75

鲁藩烟火　　/77

不二斋　　/80

三世藏书　　/82

秦淮河房　　/85

二十四桥风月　　/87

张氏声伎　　/90

虎丘中秋夜　　/93

扬州清明　　/96

扬州瘦马　　/99

绍兴灯景　　/102

西湖香市　　/105

西湖七月半　/109

龙山雪　　/112

庞公池　　/114

闰中秋　　/116

过剑门　　/119

蟹会　　/122

西泠桥　　/124

虎跑泉　　/127

醉白楼　　/130

梵天寺　　/132

五云山　　/134

胜果寺　　/136

卷三　美景

日月湖　　/141

筠芝亭　　/144

燕子矶　　/146

焦山　　/148

梅花书屋　/151

岣嵝山房（二）　／153

白洋潮　／156

天镜园　／159

湖心亭看雪　／161

湖心亭　／163

于园　／166

炉峰月　／168

烟雨楼　／171

雷殿　／174

明圣二湖　／176

玉莲亭　／179

紫云洞　／181

冷泉亭　／183

北高峰　／187

南高峰　／190

青莲山房　／192

秦楼　／194

片石居　／196

十锦塘　／198

凤篁岭　／200

龙井　／203

九溪十八涧　／206

西溪　/208

火德庙　/210

卷四　方物

天台牡丹　/215

木犹龙　/217

奔云石　/220

天砚　/223

孔庙桧　/225

花石纲遗石　/228

兰雪茶　/231

朱文懿家桂　/234

雪精　/236

宁了　/238

樊江陈氏橘　/240

鲁府松棚　/242

一尺雪　/244

菊海　/246

齐景公墓花樽　/248

品山堂鱼宕　/250

松化石　/252

楼船　/254

苏州白兔 /256

草妖 /258

一片云 /260

卷五 妙文

《琅嬛诗集》自序 /265

《陶庵梦忆》自序 /269

《西湖梦寻》自序 /274

《夜航船》自序 /278

张子《说铃》序 /282

《四书遇》序 /285

《石匮书》自序 /289

《越绝诗》小序 /293

《一卷冰雪文》序 /295

《昌谷集解》序 /298

水浒牌 /302

合采牌 /305

跋梅花道人画竹卷 /308

跋徐青藤小品画 /310

跋谑庵五帖 /312

南镇祈梦 /315

张灯致语 /319

斗茶檄 /324

迎一金和尚启 /327

丝社小启 /331

游山小启 /334

上王谑庵年祖 /336

与陈章侯 /338

与祁世培 /340

与胡季望 /343

又与毅孺八弟 /345

自题小像 /348

自为墓志铭 /350

卷一 奇人

人无癖不可与交,以其无深情也;
人无疵不可与交,以其无真气也。

濮仲谦①雕刻

南京濮仲谦,古貌古心,粥粥②若无能者,然其技艺之巧,夺天工焉。其竹器,一帚、一刷,竹寸耳,勾勒数刀,价以两计。然其所以自喜者,又必用竹之盘根错节,以不事刀斧为奇,则是经其手略刮磨之,而遂得重价,真不可解也。

仲谦名噪甚,得其一款,物辄腾贵。三山街③润泽④于仲谦之手者数十人焉,而仲谦赤贫自如也。于友人座间见有佳竹、佳犀,辄自为之。意偶不属⑤,虽势劫之、利啖⑥之,终不可得。

【注释】

①濮仲谦:濮澄,字仲谦,当涂(今安徽当涂)人。民间竹刻艺人。作者《夜航船》亦有记载:"竹器:南京所制竹器,以濮仲谦为第一,其所雕琢,必以竹根错节盘结怪异者,方肯动手,时人得其一款物,甚珍重之。"此外作者还曾为其竹刻作品撰写《鸠柴奇觚记序》。

②粥粥（zhōu zhōu）：柔弱无能的样子。《礼记·儒行》："其难进而易退也，粥粥若无能也。"

③三山街：在今江苏南京中华路、建康路交会处，因临近三山门而得名。明清时期是南京繁华的商业街区。

④润泽：受到好处、恩惠。

⑤意偶不属：稍微有点不满意。

⑥啖（dàn）：利诱，引诱。

【赏读】

此篇描写了一位身怀绝技的民间艺人，他不仅手艺巧夺天工，而且很有个性，正是这种个性，成就了一位大师。如果事事都是为了金钱，那不过就是一位工匠而已。

宋琬在其《竹罂草堂歌》一诗中这样描写濮仲谦的技艺："白门濮生亦其亚，大朴不斫开新硎。虬须削尽见龙蜕，轮囷蟠屈鸱夷形。匠心奇创古无有，区区荷锸羞刘伶。妙制流传真者少，何侯得之为异宝。"可为本文之补充。

沈梅冈①

沈梅冈先生忤相嵩②，在狱十八年。读书之暇，旁攻匠艺，无斧锯，以片铁日夕磨之，遂铦利③。得香楠尺许，琢为文具一、大匣三、小匣七、壁锁二；棕竹数片，为筐④一，为骨十八。以笋、以缝、以键，坚密肉好⑤，巧匠谢不能事。

夫人丐先文恭志公墓⑥，持以为贽。文恭拜受之，铭其匣曰："十九年，中郎节⑦；十八年，给谏⑧匣；节邪匣邪同一辙。"铭其筐曰："塞外毡，饥可餐；狱中筐，尘莫干，前苏后沈⑨名班班。"梅冈制，文恭铭，徐文长⑩书，张应尧⑪镌，人称四绝，余珍藏之。

又闻其以粥炼土，凡数年，范为铜鼓者二，声闻里许，胜暹罗⑫铜。

【注释】

①沈梅冈：即沈束（1514~1581），字宗安，号梅冈，会稽（今浙江绍兴）人。嘉靖二十三年（1544）进士，历任徽

州推官、礼科给事中等。嘉靖二十八年（1549）因得罪奸相严嵩被下狱。

②相嵩：即严嵩，明代有名的奸相，把持朝政多年。

③铦（xiān）利：锐利，锋利。

④箑（shà）：扇子。《淮南子·精神训》："知冬日之箑，夏日之裘，无用于己。"

⑤肉好：器物的外边和中孔。肉，圆形玉器的周边。好，圆形玉器中间的孔。

⑥夫人：沈束的妻子张氏。丐：请求。文恭：张岱的曾祖父张元忭，历任翰林院修撰、左谕德、直经筵。追谥文恭。志公墓：给沈束写墓志铭。

⑦十九年，中郎节：西汉时苏武以中郎将身份出使匈奴十九年，手持汉节，不忘汉朝。单于逼他投降，将其关入地窖，断绝其饮食。苏武啖毡饮雪，始终没有屈服。节，旄节，指苏武出使时手持的信物。

⑧给谏：即给事中，六部皆设，掌稽查弹劾。沈束曾为礼科给事中。

⑨前苏后沈：苏指苏武，沈即沈梅冈。

⑩徐文长：即徐渭，字文清，后改字文长，别号青藤，山阴（浙江绍兴）人。明代著名书画家，与张岱一家交好。

⑪张应尧：主要生活在明末清初，嘉定（今上海）人。以刻竹而闻名。

⑫暹（xiān）罗：古代对泰国的称呼。

【赏读】

　　十八年漫长的囹圄生涯竟然将一位耿直的朝廷大臣磨炼成一位技艺出众的工艺大师。沈梅冈的气节值得敬重，他的毅力与执着更让人钦佩。不知道这算是造化弄人还是天将降大任于斯人？苦难对不同的人来说，有着完全不同的意义。

闵老子①茶

周墨农向余道闵汶水茶不置口②。戊寅③九月,至留都④,抵岸,即访闵汶水于桃叶渡⑤。日晡⑥,汶水他出,迟⑦其归,乃婆娑一老。方叙话,遽起曰:"杖忘某所。"又去。余曰:"今日岂可空去?"迟之又久,汶水返,更定⑧矣。睨余曰:"客尚在耶?客在奚为⑨者?"余曰:"慕汶老久,今日不畅饮汶老茶,决不去。"

汶水喜,自起当炉。茶旋煮,速如风雨。导至一室,明窗净几,荆溪壶⑩、成宣窑⑪瓷瓯十余种,皆精绝。灯下视茶色,与瓷瓯无别,而香气逼人,余叫绝。余问汶水曰:"此茶何产?"汶水曰:"阆苑⑫茶也。"余再啜之,曰:"莫绐⑬余,是阆苑制法,而味不似。"汶水匿笑曰:"客知是何产?"余再啜之,曰:"何其似罗岕⑭甚也?"汶水吐舌曰:"奇,奇。"余问:"水何水?"曰:"惠泉。"余又曰:"莫绐余,惠泉走千里,水劳而圭角不动⑮,何也?"汶水曰:"不复敢隐。

其取惠水,必淘井,静夜候新泉至,旋汲之。山石磊磊藉瓮底,舟非风则勿行,故水之生磊,即寻常惠水犹逊一头地,况他水耶。"又吐舌曰:"奇,奇。"言未毕,汶水去。少顷,持一壶满斟余曰:"客啜此。"余曰:"香扑烈,味甚浑厚,此春茶耶?向瀹者的⑯是秋采。"汶水大笑曰:"予年七十,精赏鉴者,无客比。"遂定交。

【注释】

①闵老子:即闵汶水,安徽休宁人,居住在南京桃叶渡。今有闵茶,为安徽名茶,乃闵汶水所创制。

②不置口:说个不停,表赞叹之貌。

③戊寅:崇祯十一年(1638),张岱时年四十二。

④留都:古代王朝迁都之后,仍在旧都置官留守,故称留都。明迁都北京后,以南京为留都。

⑤桃叶渡:在今江苏南京十里秦淮与古青溪水道合流处附近,传说王献之经常在此迎送爱妾桃叶,故名。为金陵四十八景之一。张岱在《夜航船》中亦讲到此典故:"桃叶:晋王献之爱妾名桃叶,尝渡秦淮口,献之作歌送之。今名曰桃叶渡。献之有歌曰:'桃叶复桃叶,渡江不用楫。但渡无所苦,我自来迎接。'"

⑥日晡(bū):申时,即今下午三点至五点。

⑦迟(zhì):等待。

⑧更定：旧时夜间分五更，更定指初更时分，即傍晚七点以后。

⑨奚为：干什么。

⑩荆溪壶：即宜兴紫砂壶。荆溪，这里指宜兴，又称阳羡。荆溪在今江苏宜兴境内，故用以借指宜兴。

⑪成宣窑：成窑和宣窑。成窑指明成化年间官窑烧制的一种瓷器，以小件和五彩者最为名贵。《夜航船》中有介绍："成窑：大明成化年所制。有五彩鸡缸、淡青花诸器、茶瓯、酒杯，俱享重价。"宣窑为宣德窑的省称，指明宣德年间江西景德镇官窑烧制的一种瓷器，其选料、制样、画器、题款，皆很精良。《夜航船》中亦有介绍："宣窑：大明宣德年制。青花纯白，俱踞绝顶，有鸡皮纹可辨。醮坛茶杯，有值一两一只者，有酒字枣汤、姜汤等类者稍贱。"

⑫阆苑：唐代苑名，故址在今四川阆中市西。本称隆苑，后因避唐玄宗李隆基讳而改名。

⑬绐（dài）：欺骗，糊弄。

⑭罗岕：即罗岕山，在浙江长兴、江苏宜兴交界处。此地所产之茶品质优良，人称罗岕茶。

⑮"水劳"句：谓水从远道取来，而味犹生鲜清冽。

⑯瀹（yuè）：烹，煮。的：的确，确实。

【赏读】

张岱在《与胡季望》一文中曾这样说："金陵闵汶水

死后，茶之一道绝矣。"可见其对闵汶水的赞许。

张岱的《琅嬛文集》中有一篇《茶史序》，其内容与本文大体相同，并云"因出余《茶史》，细细论定，剿之以授好事者，使世知茶理之微如此，人毋得浪言茗战也"。以作者对茶道的精通，这部书应不乏妙论至言，遗憾的是，该书至今未见流传，不知这部令人神往的《茶史》如今尚在人世间否？

包涵所①

西湖之船有楼,实包副使涵所创为之。大小三号:头号置歌筵,储歌童;次载书画;再次偫②美人。涵老以声伎③非侍妾比,仿石季伦、宋子京④家法,都令见客。常靓妆走马,嫛姗勃窣⑤,穿柳过之,以为笑乐。明槛绮疏,曼讴⑥其下,撇籥⑦弹筝,声如莺试⑧。客至,则歌童演剧,队舞鼓吹,无不绝伦。乘兴一出,住必浃旬⑨,观者相逐,问其所止。

南园在雷峰塔下,北园在飞来峰下。两地皆石薮,积牒磊砢⑩,无非奇峭,但亦借作溪涧桥梁,不于山上叠山,大有文理⑪。大厅以拱斗抬梁,偷⑫其中间四柱,队舞狮子甚畅。北园作八卦房,园亭如规⑬,分作八格,形如扇面。当其狭处,横亘一床,帐前后开合,下里帐则床向外,下外帐则床向内。涵老据⑭其中,肩⑮上开明窗,焚香倚枕,则八床面面皆出。穷奢极欲,老于西湖者二十年。

金谷、郿坞⑯,着一毫寒俭不得,索性繁华到底,亦杭州人所谓"左右是左右"⑰也。西湖大家，何所不有，西子有时亦贮金屋。咄咄书空⑱，则穷措大耳⑲。

【注释】

①包涵所：即包应登，字涵所，钱塘（今浙江杭州）人。万历十四年（1586）进士。与张岱祖父张汝霖交好。

②偫（zhì）：储备，这里指装载。

③声伎：歌伎，舞女。

④石季伦：即石崇，字季伦。西晋时期大臣。家巨富，生活豪奢，多蓄声伎。宋子京：即宋祁，字子京，北宋官员，历任大理寺丞、工部尚书等。家蓄声伎，客至，令出见。

⑤媻（pán）姗：同"蹒跚"，缓缓而行。勃窣（sū）：婀娜多姿的步态。

⑥曼讴：轻歌曼舞。

⑦擪篴（yè yuè）：演奏管乐器。擪，以手指按捺。篴，古管乐器。

⑧莺试：雏莺试啼，优美婉转。

⑨浃旬：一旬，十天。

⑩积牒磊砢（lěi luǒ）：很多石头堆积重叠在一起的样子。牒，通"叠"。

⑪大有文理：颇具匠心。

⑫偷：省去，不设。

⑬规：圆规，画圆形的工具。这里指圆形。

⑭据：安卧。

⑮扃（jiōng）：门户。

⑯金谷：即金谷园，西晋石崇所修建的豪宅。唐时已荒废，故址在今河南洛阳。郿（méi）坞：东汉时董卓所建，号"万岁坞"，因地属郿县（今陕西眉县）世称"郿坞"。坞中广聚珍宝、粮谷，后用以指奸佞藏财享乐终老之所。

⑰左右是左右：反正就这样，就这么回事。

⑱咄咄书空：失意、懊恼的样子。《世说新语》载："殷中军被废，在信安，终日恒书空作字。扬州吏民寻义逐之，窃视，唯作'咄咄怪事'四字而已。"

⑲穷措大：旧时对迂腐贫穷书生的讥称。

【赏读】

从此文可见明代的繁华，这位包涵所的生活真是到了穷奢极欲的程度，"索性繁华到底"，且得以善终，这可能不符合有些人因果报应、盛极必衰的心理期待，似乎这位老兄一定要家道中落、晚年凄凉、忏悔不已才显得有意义。但张岱作为出身富贵之家的公子，对包氏的豪奢生活更多的是欣赏，字里行间流露出称许和艳羡。

祁止祥①癖

人无癖不可与交,以其无深情也;人无疵②不可与交,以其无真气也。余友祁止祥有书画癖,有蹴鞠癖,有鼓钹癖,有鬼戏癖,有梨园癖。

壬午至南都③,止祥出阿宝示余,余谓:"此西方迦陵鸟④,何处得来?"阿宝妖冶如蕊女,而娇痴无赖,故作涩勒,不肯着人。如食橄榄,咽涩无味,而韵在回甘;如吃烟酒,鲠餶无奈⑤,而软同沾醉。初如可厌,而过即思之。止祥精音律,咬钉嚼铁⑥,一字百磨,口口亲授,阿宝辈皆能曲通主意⑦。

乙酉⑧,南都失守,止祥奔归,遇土贼,刀剑加颈,性命可倾,至宝是宝。丙戌⑨,以监军驻台州,乱民卤掠⑩,止祥囊箧都尽,阿宝沿途唱曲,以膳主人。及归,刚半月,又挟之远去。止祥去妻子如脱屣耳,独以娈童崽子为性命,其癖如此。

【注释】

①祁止祥：即祁豸佳，字止祥，号雪瓢，山阴（今浙江绍兴）人。明天启七年（1627）举人，曾任吏部司务。多才多艺，擅长书法、绘画、度曲。作者称其为"曲学知己"，并写有《寿祁止祥八十》诗。

②疵：缺点。

③壬午：崇祯十五年（1642）。南都：南京。

④迦陵鸟，即迦陵频伽鸟，意译则为好声鸟、美音鸟或妙声鸟。产于印度，色黑似雀，羽毛美丽，音声清婉动听。佛教典籍常以其叫声比喻诸佛、菩萨之妙音。张岱《夜航船》亦有介绍："迦陵鸟：鸣清越，如笙箫，妙合宫商，能为百虫之音。《楞严经》云：'迦陵仙音，遍十方界。'"

⑤鲠饐（gěng yì）：哽噎，食物难以下咽。无奈：无比。

⑥咬钉嚼铁：比喻意志坚强。

⑦主意：主人的意思。

⑧乙酉：顺治二年（1645）。

⑨丙戌：顺治三年（1646）。

⑩卤掠：即掳掠。"卤"，通"掳"。

【赏读】

文章开篇就说"人无癖不可与交，以其无深情也；人无疵不可与交，以其无真气也"，可见作者的交友观。

俗话说，人无完人，以完美姿态呈现的人要么是伪装的，要么是无趣的，都不是真实的人，这种人不交往也罢。

不过话再说回来，祁止祥的这种癖好也着实很难让人苟同，痴迷到了连妻儿都不顾惜的程度，未免有些过火。

文中所写的"阿宝"到底是人是鸟，这里需要辨析一下，因为笔者看到有人将其解释为鸟，这大概是从"迦陵鸟"一语望文生义，加上"出阿宝示余"的交代，更像一个宠物了。不过文中说得很明确，祁止祥"独以娈童娈子为性命，其癖如此"，显然阿宝属于娈童娈子之流。此外，"止祥精音律，咬钉嚼铁，一字百磨，口口亲授，阿宝辈皆能曲通主意"等语也说得很明白，称阿宝等为"辈"，分明是说人。

再说阿宝如果是鸟的话，模仿几句人语就不错了，怎么还能学曲、唱曲，达到"曲通主意"，"沿途唱曲，以膳主人"的程度，这也不合情理。

范长白①

范长白园在天平山②下，万石都③焉。龙性难驯④，石皆笏起⑤，旁为范文正公⑥墓。园外有长堤，桃柳曲桥，蟠屈湖面，桥尽抵园，园门故作低小，进门则长廊复壁，直达山麓。其绘楼幔阁、秘室曲房，故故匿之，不使人见也。山之左为桃源，峭壁回湍，桃花片片流出。右孤山，种梅千树。渡涧为小兰亭，茂林修竹，曲水流觞，件件有之。竹大如椽，明静娟洁，打磨滑泽如扇骨，是则兰亭所无也。地必古迹，名必古人，此是主人学问。但桃则溪之，梅则屿之，竹则林之，尽可自名其家，不必寄人篱下也。

余至，主人出见。主人与大父同籍⑦，以奇丑著。是日释褐⑧，大父戏⑨之曰："丑不冠带，范年兄亦冠带了也。"人传以笑。余亟欲一见。及出，状貌果奇，似羊肚石雕一小猱，其鼻垩⑩，颧颐犹残缺失次也。冠履精洁，若谐谑谈笑，面目中不应有此。开山堂小饮，绮疏藻幕，备极华褥，秘阁清讴，丝竹摇扬，忽出层垣，知为女乐。饮罢，又移席小兰亭。

比晚辞去，主人曰："宽坐，请看'少焉'[11]。"余不解，主人曰："吾乡有缙绅先生，喜调文袋，以《赤壁赋》[12]有'少焉月出于东山之上'句，遂字月为'少焉'。顷言'少焉'者，月也。"固留看月，晚景果妙。主人曰："四方客来，都不及见小园雪，山石谽谺[13]，银涛蹴起，掀翻五泄[14]，捣碎龙湫[15]，世上伟观，惜不令宗子见也。"步月而出，至玄墓[16]，宿葆生叔[17]书画舫中。

【注释】

①范长白：即范允临，字长倩，号长白，华亭（今上海松江）人。万历进士，官至福建布政司参议。晚居苏州天平山，建园林，乐声伎，被称为神仙中人。

②天平山：在今江苏苏州西，因其山顶正平，故名。以怪石、清泉、红枫而闻名，并称三绝。

③都：聚拢，聚集。

④龙性难驯：本义指人性格倔强，不屈服于任何外力。这里指山势险峻的样子。

⑤笏起：像笏板一样矗立。笏，古代的大臣上朝时手里拿的手板，多用玉、象牙或者竹片做成。

⑥范文正公：即范仲淹，字希文，谥文正。

⑦同籍：同年考中进士。范允临与作者的祖父张汝霖都是万历二十三年（1595）考中进士。

⑧释褐：脱去平民服装，换上官服，指刚刚做官。

⑨嬲（niǎo）：戏弄，调笑。

⑩鼻垩（è）：鼻子泛白。垩，白色的土，可用来粉饰墙壁。

⑪少焉：这里指月亮。

⑫《赤壁赋》：指苏轼的《前赤壁赋》。

⑬谽谺（hān xiā）：幽深空旷的样子。

⑭五泄：在今浙江诸暨西北，当地人称瀑布为"泄"，因瀑布从五级山石上折叠倾泄，故有此称。

⑮龙湫：龙湫瀑，在今浙江雁荡山。

⑯玄墓：玄墓山，在今苏州吴中区。东晋时郁泰玄葬于此，故名。

⑰葆生叔：即作者的叔父张联芳，字尔葆，又字葆生，明末著名画家。作者在本书中又称其为"仲叔"。

【赏读】

本文写的人物是范仲淹的十七世孙范长白。按照作者的描写，这位范长白的长相确实很特别，"似羊肚石雕一小猱，其鼻垩，颧颐犹残缺失次也"，也可以称得上是奇丑无比了。不过丑归丑，人却有内涵，且不乏幽默感，并不让人反感，正所谓外丑内秀。

姚简叔①画

姚简叔画千古，人亦千古。戊寅②，简叔客魏③为上宾。余寓桃叶渡，往来者闵汶水、曾波臣④一二人而已。简叔无半面交，访余，一见如平生欢，遂榻余寓。与余料理米盐之事，不使余知。有空，则拉余饮淮上馆，潦倒而归。京中诸勋戚、大老、朋侪、缁衲、高人、名妓与简叔交者，必使交余，无或遗者。与余同起居者十日，有苍头至，方知其有妾在寓也。简叔塞渊⑤，不露聪明，为人落落难合，孤意一往，使人不可亲疏。与余交，不知何缘，反而求之不得也。

访友报恩寺，出册叶百方，宋元名笔。简叔眼光透入重纸，据梧⑥精思，面无人色。及归，为余仿苏汉臣⑦：一图：小儿方据澡盆浴，一脚入水，一脚退缩欲出；宫人蹲盆侧，一手掖儿，一手为儿擤鼻涕；旁坐宫娥，一儿浴起伏其膝，为结绣裯⑧。一图：宫娥盛妆端立有所俟，双鬟尾之；一侍儿捧盘，盘列二瓯，意色向客；一宫娥持其盘，为整茶锹⑨，详视端谨。复视原本,一笔不失。

【注释】

①姚简叔:即姚允在,字简叔,会稽(今浙江绍兴)人。明末画家,尤工山水,被张岱视为"字画知己"。

②戊寅:崇祯十一年(1638)。

③魏:明朝开国元勋徐达,封魏国公。此指徐达的后人徐弘基。

④闵汶水:安徽休宁人,居南京桃叶渡,善烹茶。曾波臣:即曾鲸,字波臣,福建莆田人,流寓南京,擅画人物,为张岱之友。

⑤塞渊:心地诚实,见识深远。

⑥据梧:本指依树休息,典出《庄子·齐物论》。此处犹言凭几。

⑦苏汉臣:南宋宣和年间宫廷画师。汴梁(今河南开封)人,善画人物,尤工婴孩。传世之作有《货郎图》《秋庭婴戏图》《杂技戏孩图》等。

⑧裋(jué):短衣。

⑨茶锹(qiāo):茶匙、茶勺,取茶之具。

【赏读】

作者在《后石匮书》中这样介绍姚简叔:"姚允在,字简叔,会稽人。姚氏世工图绘,而简叔笔下澹远,一洗画工习气。其模仿古人，见其临本，直可乱真。久住白下，四方赏鉴家得其片纸，如获拱璧。而雪景奇妙，可匹关思。"可与本文对读。这样一位与人寡合的奇人，竟然和作者特别合得来，也算是一份奇缘吧。

柳敬亭①说书

南京柳麻子,黧黑,满面疤癗②,悠悠忽忽,土木形骸③。善说书,一日说书一回,定价一两。十日前先送书帕下定④,常不得空。南京一时有两行情人⑤:王月生、柳麻子是也。

余听其说《景阳冈武松打虎》白文⑥,与本传⑦大异。其描写刻画,微入毫发,然又找截干净⑧,并不唠叨。勃夬⑨声如巨钟,说至筋节处,叱咤叫喊,汹汹崩屋。武松到店沽酒,店内无人,謈⑩地一吼,店中空缸空甓皆瓮瓮有声。闲中着色,细微至此。主人必屏息静坐,倾耳听之,彼方掉舌⑪。稍见下人咕哔耳语⑫,听者欠伸有倦色,辄不言,故不得强。每至丙夜⑬,拭桌剪灯,素瓷静递,款款言之,其疾徐轻重,吞吐抑扬,入情入理,入筋入骨,摘世上说书之耳,而使之谛听,不怕其不龂舌死⑭也。

柳麻子貌奇丑,然其口角波俏,眼目流利,衣服恬静,直与王月生同其婉娈,故其行情正等。

【注释】

①柳敬亭：原姓曹，名永昌，字葵宇。后因避仇，变姓更名，逃亡在外。改姓柳，名逢春，号敬亭。因脸有麻子而被人称为柳麻子。泰州（今属江苏）人，一说通州（今江苏南通）人，以善说评书名于世。

②疤癗（lěi）：疤痕。癗，皮肤上起的小疙瘩。

③悠悠忽忽，土木形骸：语出《世说新语》："刘伶身长六尺，貌甚丑悴，而悠悠忽忽，土木形骸。"这里形容柳敬亭性格真率，行为随便，放荡不羁，无矫饰之态。

④书帕：请柬，订金。下定：约定时间。

⑤行情人：走红、身价高的人。

⑥白文：说大书的脚本。大书不带弹唱，一人独说，以醒木、扇子作道具。

⑦本传：指小说《水浒传》。

⑧找截干净：直截了当，干净利落。

⑨勃夬（bó guài）：形容声音雄厚而果决。

⑩暴（pó）：大喊。

⑪掉舌：动舌头。指游说、谈论。

⑫咕哔（chè bì）耳语：小声说话，窃窃私语。

⑬丙夜：三更半夜，从晚上十一点至第二天凌晨一点。

⑭齰（zé）舌死：谓羞愧欲死。齰，咬。《史记·魏其武安侯列传》："魏其必内愧，杜门齰舌自杀。"。

【赏读】

柳敬亭的经历很传奇。他早年曾是个亡命之徒，后来改行说书，竟成一代名家。他与明末清初很多文人有交往，曾参与并见证了南明王朝那段历史，也因此被孔尚任写进了《桃花扇》。

作者另写有《柳麻子说书》一诗，除了柳敬亭，亦谈及本书所记的多个人物，兹引如下：

向年潦倒在秦淮，亲见名公集白下。
仲谦竹器叔远犀，波臣写照简叔画。
昆白弦子士元灯，张卯串戏杂彭大。
及见泰州柳先生，诸公诸技皆可罢。
先生古貌伟衣冠，舌底噌鸣兼叱咤。
劈开混沌取须眉，嚼碎虚空寻笑骂。
张华应对建章宫，万户千门无一差。
详人所略略人详，笑有真笑怕真怕。
勾勒《水浒》更神奇，耐庵咋指贯中吓。
夏起层冰冬起雷，天雨血兮鬼哭夜。
先生满腹是文情，刻画雕镂夺造化。
眼前活立太史公，口内龙门如水泻。

麋公

万历甲辰①,有老医驯一大角鹿,以铁钳其趾,设鲛韅②其上,用笼头衔勒,骑而走,角上挂葫芦药瓮,随所病出药,服之辄愈。家大人见之喜,欲售其鹿,老人欣然,肯解以赠,大人以三十金售之。五月朔日③,为大父寿,大父伟硕,跨之走数百步,辄立而喘,常命小傒笼之,从游山泽。

次年,至云间④,解赠陈眉公⑤。眉公羸瘦,行可连二三里,大喜。后携至西湖六桥、三竺⑥间,竹冠羽衣,往来于长堤深柳之下,见者啧啧,称为"谪仙"。后眉公复号"麋公"者,以此。

【注释】

①万历甲辰:即万历三十二年(1604)。
②鲛韅(jiāo xiǎn):用鲛鱼皮做成的马肚带。
③朔日:农历每月初一。
④云间:古代松江(今上海)的别称。

⑤陈眉公：即陈继儒，字仲醇，号空青、眉公、麋公、白石山樵，华亭（上海松江）人。多才多艺，以文学、书画闻名，他是张岱祖父张汝霖的好友。

⑥六桥：苏堤上的六座拱桥，即映波桥、锁澜桥、望山桥、压堤桥、东浦桥和跨虹桥。三竺：杭州灵隐山飞来峰东南天竺山上，有上天竺、中天竺、下天竺三座寺院，合称"三竺"或"三天竺"。

【赏读】

陈眉公堪称行为艺术的鼻祖，自己也因此成为西湖一景。张岱在《快园道古》一书中亦记载了一则与陈眉公及角鹿有关的趣事："陶庵年八岁，大父携之至西湖。眉公客于钱塘，出入跨一角鹿。一日，向大父曰：'文孙善属对，吾面考之。'指纸屏上《李白骑鲸图》曰：'太白骑鲸，采石江边捞夜月。'陶庵曰：'眉公跨鹿，钱塘县里打秋风。'眉公赞叹，摩予顶曰：'那得灵敏至此，吾小友也。'"可与此文对读。

朱楚生

朱楚生，女戏耳，调腔①戏耳。其科白②之妙，有本腔不能得十分之一者。盖四明姚益城③先生精音律，尝与楚生辈讲究关节，妙入情理，如《江天暮雪》《霄光剑》《画中人》等戏，虽昆山④老教师细细摹拟，断不能加其毫末也。班中脚色，足以鼓吹⑤楚生者方留之，故班次愈妙。

楚生色不甚美，虽绝世佳人，无其风韵。楚楚谡谡⑥，其孤意在眉，其深情在睫，其解意在烟视媚行。性命于戏，下全力为之。曲白有误，稍为订正之，虽后数月，其误处必改削如所语。

楚生多坐驰⑦，一往深情，摇扬无主⑧。一日，同余在定香桥，日晡烟生，林木窅冥，楚生低头不语，泣如雨下，余问之，作饰语⑨以对。劳心忡忡，终以情死。

【注释】

①调腔：也叫掉腔，戏曲剧种。明末流行于浙江绍兴、

杭州一带,剧目以《西厢记》《琵琶记》《荆钗记》等为主。

②科白:传统戏曲术语,科指动作、表情,白指说白。

③四明:旧时浙江宁波府别称,因境内有四明山而得名。姚益城:姚宗文,字裘之,号益城,慈溪人。万历三十五年(1607年)进士,历任户科给事中、都御史。著有《益城集》。

④昆山:今江苏昆山,昆剧发源地。

⑤鼓吹:这里指演奏乐器,为朱楚生配乐。

⑥楚楚谡谡(sù):形容风度清雅高迈。

⑦坐驰:静坐遐想。

⑧摇扬无主:心动神摇。

⑨饰语:掩饰的话。

【赏读】

朱楚生的先天条件并不是很好,比如"色不甚美",这可能会影响到其扮相效果,但她从别的方面弥补,其演唱能达到让昆山老教师"不能加其毫末"的程度,原因无它,"性命于戏,下全力为之"。其实,不光是演戏,其他各个行当也是如此,不全身心投入,就想名冠群芳,天底下哪有这样便宜的事情?

朱楚生最后的哭泣也很耐人寻味,作者尽管对她多有同情,但显然并非她的真正知音,也不能提供实质性的帮助。

彭天锡串戏①

彭天锡串戏妙天下,然出出皆有传头②,未尝一字杜撰。曾以一出戏,延其人至家,费数十金者,家业十万缘手而尽。三春③多在西湖,曾五至绍兴,到余家串戏五六十场,而穷其技不尽。

天锡多扮丑、净,千古之奸雄佞幸,经天锡之心肝而愈狠,借天锡之面目而愈刁,出天锡之口角而愈险。设身处地,恐纣之恶不如是之甚也。皱眉视眼,实实腹中有剑,笑里有刀,鬼气杀机,阴森可畏。盖天锡一肚皮书史,一肚皮山川,一肚皮机械④,一肚皮磊砢⑤不平之气,无地发泄,特于是发泄之耳。

余尝见一出好戏,恨不得法锦⑥包裹,传之不朽;尝比之天上一夜好月,与得火候一杯好茶,只可供一刻受用,其实珍惜之不尽也。桓子野见山水佳处,辄呼"奈何!奈何!"⑦真有无可奈何者,口说不出。

【注释】

①彭天锡：江苏金坛人，明末著名戏曲演员。串戏：演戏。

②传头：来历，根据。

③三春：春季三个月。正月称孟春，二月称仲春，三月称季春。

④机械：机巧，智慧。

⑤磊砢（lěi luǒ）：委积、众多的样子。

⑥法锦：西南少数民族地区所产的一种丝织品。

⑦奈何：语出《世说新语》："桓子野每闻清歌，辄唤'奈何'。谢公闻之曰：'子野可谓一往有深情。'"桓子野，即桓伊，字叔夏，小字子野，谯郡铚（今安徽宿州西南）人。历任淮南太守、豫州刺史、江州刺史。擅长音乐。

【赏读】

本文写彭天锡对戏剧的痴迷和其演戏之妙。别人演戏是为了挣钱谋生，这位彭天锡则因此而破家。何以如此？无他，太喜爱、太敬业了。为了学一出戏，不惜花费重金，十万家业因此而散尽。下这样的大功夫，演出水平之高也就可以想见，连作者这样精于演剧的人也找不出合适的词汇来赞美。

一个人的力量也许微不足道，但涓涓细流可以汇成江河，明代戏曲的繁盛就是这样累积的结果，从彭天锡身上可见明代戏曲之一斑。

朱氏^①收藏

朱氏家藏，如"龙尾觥""合卺杯"，雕镂锲刻，真属鬼工，世不再见。余如秦铜汉玉、周鼎商彝、哥窑倭漆^②、厂盒^③宣炉、法书名画、晋帖唐琴，所畜之多，与分宜埒^④富，时人讥之。

余谓博洽好古，犹是文人韵事。风雅之列，不黜曹瞒^⑤；鉴赏之家，尚存秋壑^⑥。诗文书画未尝不抬举古人，恒恐子孙效尤，以袖攫石、攫金银以赚田宅，豪夺巧取，未免有累盛德。闻昔年朱氏子孙，有欲卖尽"坐""朝""问""道"四号田者，余外祖兰风先生谑之曰："你只管'坐朝问道'，怎不管'垂拱平章'？"^⑦一时传为佳话。

【注释】

①朱氏：指朱敬循，号石门。江南著名收藏家，张岱舅祖。

②倭漆：日本漆。《夜航船》中有介绍："倭漆：漆器之

妙，无过日本。宣德皇帝差杨瑄往日本教习数年，精其技艺。故宣德漆器比日本等精。"

③厂盒：一种漆盒。《夜航船》有介绍："厂盒：古延厂，永乐年间所造，重枝叠叶，坚若珊瑚，稍带沉色。新厂，宣德年间所造，雕镂极细，色若朱砂，鲜艳无比。有蒸饼式、甘蔗节二种，愈小愈妙，享价极重。"

④分宜：代指明代奸相严嵩，因其为江西分宜人，故称。埒（liè）：相等，相当。

⑤曹瞒：即曹操，字孟德，小名阿瞒。张岱在《西湖梦寻》中亦谈及曹操、贾似道风雅鉴赏事："余尝谓曹操、贾似道千古奸雄，乃诗文中之有曹孟德，书画中之有贾秋壑，觉其罪业滔天，减却一半。方晓诗文书画，乃能忏悔恶人如此。凡人一窍尚通，可不加意诗文，留心书画哉？"

⑥秋壑：即贾似道，字师宪，号秋壑。南宋奸臣，作恶多端，但性嗜宝玩，建有多宝阁。张岱在《西湖梦寻》中亦有介绍："贾秋壑为误国奸人，其于山水书画古董，凡经其鉴赏，无不精妙。"

⑦"坐朝问道""垂拱平章"：贤君端坐朝堂，探讨治国之道；群臣垂衣拱手，一起共商国是。语出《千字文》："坐朝问道，垂拱平章。爱育黎首，臣伏戎羌。"由于《千字文》十分普及，影响深远，后世常用《千字文》的文字顺序来计数，一些商贾、店铺的账簿，地主的田地，书卷的编号，甚至连科举考试的试卷页码，都采用《千字文》的字序来编

排。这里"坐""朝""问""道"四字代表了四个编号的田地。

【赏读】

民间向来有富不过三代之说,这并非虚言。不管是财富还是收藏,都难以走出这个怪圈。作者看到了这一点,但也照样痴迷收藏。

该文最后所谈田产之事,作者在《快园道古》一书中亦有记载:"朱文懿当国,其子讷言石门广置田宅。居近南门,凡南门外'坐''朝''问''道'四号田欲买尽无遗,巧取豪夺,略无虚日。外祖陶兰风先生谑之曰:'石门你只管"坐朝问道",却忘了"垂拱平章"。'"

仲叔①古董

葆生叔少从渭阳②游，遂精赏鉴。得白定炉、哥窑瓶、官窑酒匜③，项墨林以五百金售④之，辞曰："留以殉葬。"

癸卯⑤，道淮上。有铁梨木⑥天然几，长丈六、阔三尺，滑泽坚润，非常理。淮抚李三才⑦百五十金不能得，仲叔以二百金得之，解维遽去。淮抚大恚怒，差兵蹑之，不及而返。

庚戌⑧，得石璞三十斤，取日下水涤之，石罅中光射如鹦哥祖母⑨，知是水碧⑩，仲叔大喜。募玉工仿朱氏龙尾觥一，合卺杯一，享价三千，其余片屑寸皮，皆成异宝。仲叔赢资巨万，收藏日富。

戊辰⑪后，倅姑熟⑫，倅姑苏⑬，寻令盟津⑭。河南为铜薮⑮，所得铜器盈数车，美人觚⑯一种，大小十五六枚，青绿彻骨，如翡翠，如鬼眼青，有不可正视之者。归之燕客⑰，一日失之，或是龙藏⑱收去。

【注释】

①仲叔:即张岱二叔张联芳,字尔葆,又字葆生。官扬州司马。善画,好收藏古董,精赏鉴。

②渭阳:这里指张联芳的舅父、张岱的舅祖朱敬循,字叔理,号石门。明末江南著名收藏家。渭阳代指舅父,典出《诗经·渭阳》:"我送舅氏,曰至渭阳。"

③官窑:宋代官廷自建瓷窑,烧造瓷器,供皇家使用。张岱《夜航船》中介绍:"官窑:宋政和间,汴京置窑,章生二造青色,纯粹如玉,虽亚于汝,亦为世所珍。"酒匜(yí):酒器。

④项墨林:即项元汴,字子京,号墨林山人,又号香岩居士、退密斋主人。浙江嘉兴人。收藏书画颇富,精于鉴赏。售:购买,求购。

⑤癸卯:万历三十一年(1603)。

⑥铁梨木:又名愈疮木,一种常绿乔木,质地坚韧,多用于制作家具、造船。

⑦李三才:字道甫,号修吾。万历进士,曾任淮阳巡抚。

⑧庚戌:万历三十八年(1610)。

⑨鹦哥祖母:张岱在《夜航船》一书亦有解释:"祖母绿:亦宝石。绿如鹦哥毛,其光四射,远近看之,则闪烁变幻,武将上阵,取以饰盔,使射者目眩,箭不能中。"

⑩水碧：又名紫晶，一种稀见的水晶。

⑪戊辰：崇祯元年（1628）。

⑫倅：副职，此指县令属官。姑熟：在今安徽当涂。

⑬姑苏：苏州的别称，因城西南有姑苏山而得名。

⑭盟津：即孟津。古黄河渡口名，在今河南洛阳孟津东北。史载，周武王伐纣时，八百诸侯在此不期而遇，一同渡过黄河，故称盟津。

⑮"河南"句：河南安阳为殷商故地，多出土青铜器，故云。

⑯美人觚：一种商周时期的细腰酒器。作者在《夜航船》一书中有介绍："三代铜：花觚入土千年，青绿彻骨，以细腰美人觚为第一，有全花、半花，花纹全者身段瘦小，价至数百。"张岱还写有《小美人觚铭》，其序云："二酉叔收藏。汉铜小美人觚，长尺有三寸，半截花纹，浑身翡翠。"

⑰燕客：张联芳之子张萼，因喜小说中"恶鬼数千……为燕国公铸横财"事，遂号"燕客"。

⑱龙藏：典出《易经·乾卦》："潜龙勿用，阳气潜藏。"后以"龙藏"指潜藏勿用。一说指龙宫中藏宝之处。

【赏读】

本文记叙了张岱二叔张联芳收藏古董的故事。张联芳自幼就学会了鉴赏器物，而且懂得器物的行情，轻易不肯售出，连明代著名收藏家项元汴也无可奈何。对于古董，有些人倾尽万贯家财也在所不惜，更何况像葆生叔这样的人，看到宝物更是爱不释手。祖母绿宝石的发现确实让人兴奋，由一块璞石变成价值连城的宝物，真是让人心花怒放。而那十五六只美人觚一日之间就消失，让人颇感惋惜，被龙宫收走了恐怕是编造出来的谎话，大约被燕客悄悄卖掉了罢。

噱社

仲叔善诙谐,在京师与漏仲容①、沈虎臣②、韩求仲③辈结"噱社",唼喋④数言,必绝缨⑤喷饭。

漏仲容为帖括⑥名士,常曰:"吾辈老年读书做文字,与少年不同。少年读书,如快刀切物,眼光逼注,皆在行墨空处,一过辄了。老年如以指头掐字,掐得一个,只是一个,掐得不着时,只是白地。少年做文字,白眼看天,一篇现成文字挂在天上,顷刻下来,刷入纸上,一刷便完。老年如恶心呕吐,以手抠入齿哕⑦出之,出亦无多,总是渣秽。"此是格言,非止谐语。

一日,韩求仲与仲叔同宴一客,欲连名速⑧之,仲叔曰:"我长求仲,则我名应在求仲前,但缀绳头于如拳之上,则是细注在前,白文在后,那有此理!"人皆失笑。

沈虎臣出语尤尖巧。仲叔候座师⑨收一帽套,此日严寒,沈虎臣嘲之曰:"座主已收帽套去,此地空余帽套头。帽套一去不复返,此头千载冷悠悠。"其滑稽多类此。

【注释】

①漏仲容：即漏坦之，字仲容，山阴（今浙江绍兴）人。

②沈虎臣：即沈德符，字景倩，又字虎臣，浙江秀水（今嘉兴）人。明代著名文学家，著有《万历野获编》等。

③韩求仲：即韩敬，字简与、求仲，号止修，浙江归安（今吴兴）人。万历三十八年（1610）状元。因与科场作弊案有牵涉，一生仕途不顺。

④唼喋（shà dié）：本指水鸟或鱼吃食发出的声音，这里指聚集在一起说话。

⑤绝缨：《史记·滑稽列传》："淳于髡仰天大笑，冠缨索绝。"淳于髡笑得太厉害，以致冠上的带子断了。绝缨借指大笑。

⑥帖括：泛指科举文章，明清时指八股文。

⑦哕（yuě）：呕吐。

⑧速：邀请。

⑨座师：明清时参加科考的文士对主考官的称呼。

【赏读】

所谓的噱社，相当于现在的段子俱乐部。漏仲容对少年和老人读书、作文章特点的概括，用语俚俗却不失精当，可谓语糙理不糙，颇有启发意义，正如作者所言："此是格言，非止谐语。"

愚公谷[1]

无锡去县北五里为铭山[2]。进桥，店在左岸。店精雅，卖泉酒水坛、花缸、宜兴罐、风炉、盆盎、泥人等货。愚公谷在惠山[3]右，屋半倾圮，惟存木石。惠水[4]涓涓，由井之涧，由涧之溪，由溪之池、之厨、之湢[5]，以涤、以濯、以灌园、以沐浴、以净溺器，无不惠山泉者，故居园者福德与罪孽正等。

愚公先生交游遍天下，名公巨卿多就之，歌儿舞女、绮席华筵、诗文字画，无不虚往实归。名士清客至则留，留则款，款则钱，钱则赊[6]。以故愚公之用钱如水，天下人至今称之不少衰。

愚公文人，其园亭实有思致文理者为之，磔石为垣，编柴为户，堂不层不庑[7]，树不配不行[8]。堂之南，高槐古朴，树皆合抱，茂叶繁柯，阴森满院。藕花一塘，隔岸数石，治而卧。土墙生苔，如山脚到涧边，不记在人间。园东逼墙一台，外瞰寺，老柳卧墙角而不让台，台遂不尽瞰，与他园花树故故为容，亭台意特特为园者不同。

【注释】

①愚公谷：在今江苏无锡惠山东麓。原为惠山寺僧居所，名听泉山房。明万历间，无锡名士邹迪光在此建造园林，名愚公谷，一时冠绝吴中。邹迪光，字彦吉，号愚谷。明无锡人。万历进士，官至湖广提学副使。后被劾罢官，居惠山，极园亭歌舞之乐。

②铭山：即锡山，与无锡西郊惠山连麓，而别为一峰。周、秦间曾产铅锡，相传有樵者于山下得古铭，铭曰："有锡争，无锡宁。"汉代因以无锡名县。故锡山又称铭山。

③惠山：在无锡西郊，山有九峰，蜿蜒如龙，又称九龙山。

④惠水：惠山泉水，一称陆子泉。源出惠山东麓，唐代陆羽品为天下第二泉。

⑤湢（bì）：浴室。

⑥赆（jìn）：送别时赠给别人的路费或礼物。

⑦不层：不重叠，没有上层。庑：堂下周围的走廊和廊屋。

⑧行（háng）：行列。

【赏读】

此文反映了明末士大夫阶层盛行的乐隐和享乐的风

气。这位愚公先生和张岱颇为相似,家境富有,懂得艺术,也懂得生活,见多识广,交游广泛。张岱在行文中透露出隐隐的崇拜和赞誉。他能成为丹青妙手,并非偶然,观其庭园可知。像这样的江南文人,明代还有不少。

王月生[①]

南京朱市[②]妓,曲中[③]羞与为伍,王月生出朱市,曲中上下三十年决无其比也。面色如建兰初开,楚楚文弱,纤趾一牙[④],如出水红菱,矜贵寡言笑,女兄弟闲客[⑤],多方狡狯,嘲弄咍侮,不能勾其一粲。善楷书,画兰竹水仙。亦解吴歌,不易出口。南京勋戚大老[⑥]力致之,亦不能竟一席。富商权胥得其主席半晌[⑦],先一日送书帕[⑧],非十金则五金,不敢亵订。与合卺[⑨],非下聘一二月前,则终岁不得也。

好茶,善闵老子,虽大风雨、大宴会,必至老子家啜茶数壶始去。所交有当意者,亦期与老子家会。一日,老子邻居有大贾,集曲中妓十数人,群誶[⑩]嘻笑,环坐纵饮。月生立露台上,倚徙栏楯[⑪],眠娗[⑫]羞涩,群婢见之皆气夺,徙他室避之。月生寒淡如孤梅冷月,含冰傲霜,不喜与俗子交接,或时对面同坐起,若无睹者。

有公子狎之,同寝食者半月,不得其一言。一日口嗫嚅动,闲客惊喜,走报公子曰:"月生开言矣!"哄然以为祥瑞,急走伺之,面赪⑬,寻又止,公子力请再三,蹇⑭涩出二字曰:"家去。"

【注释】

①王月生:明末南京的一位名妓,其生平事迹,余怀《板桥杂记》记之甚详,兹引如下:"王月,字微波。母胞生三女:长即月,次节,次满,并有殊色。月尤慧妍,善自修饰,颀身玉立,皓齿明眸,异常妖冶,名动公卿。桐城孙武公昵之,拥致栖霞山下雪洞中,经月不出。己卯岁牛女渡河之夕,大集诸姬于方密之侨居水阁。四方贤豪,车骑盈间巷,梨园子弟,三班骈演,阁外环列舟航如堵墙。品藻花案,设立层台,以坐状元。二十余人中,考微波第一,登台奏乐,进金屈卮(zhī)。南曲诸姬皆色沮,渐逸去。天明始罢酒。次日,各赋诗纪其事。余诗所云'月中仙子花中王,第一姮娥第一香'者是也。微波绣之于帨巾不去手。武公益眷恋,欲置为侧室。会有贵阳蔡香君,名如蘅,强有力,以三千金啖其父,夺以归。武公悒(yì)悒,遂娶葛嫩也。香君后为安庐兵备道,携月赴任,宠专房。崇祯十五年五月,大盗张献忠破庐州府,知府郑履祥死节,香君被擒。搜其家,得月,留营中,宠压一寨。偶以事忤(wǔ)献忠,断其头,蒸置于盘,以享群贼。嗟乎,等死也,月不及嫩矣,悲夫。"

②朱市:南京秦淮河一带的低等妓院。

③曲中:指地位较高的妓坊。

④纤趾一牙:指王月生的脚很小。

⑤女兄弟:姐妹。闲客:帮闲的食客。

⑥勋戚大老:皇亲贵族。

⑦权胥:会弄权的小吏。主席:主持宴席。

⑧书帕:聘约与礼金。

⑨合卺(jǐn):古代结婚时男女饮酒之礼,此处是指在王月生处宿夜。

⑩谇(suì):本义为责骂,这里指嬉笑打闹。

⑪楯(shǔn):栏杆上的横木。

⑫眠娗(tiǎn):腼腆,羞涩。

⑬赪(chēng):脸红。

⑭蹇(jiǎn):文字生硬,言语迟钝。

【赏读】

在作者的交游中,有身份较高的文人士大夫,也有身份卑微的能工巧匠,更有卖笑为生的青楼娼女,比如前面写到的朱楚生和本文的王月生。对这些人,作者注重写出他们脱俗传奇的一面,实际上也是为他们立传。

王月生,字微波,朱市艺人,当年与说书艺人柳敬亭是南京最红的两个人。

作者还写有《曲中妓王月生》一诗,以茶喻人,颇

有特色,兹引如下:

> 金陵佳丽何时起,余见两事非常理。
> 乃欲取之相比伦,俗人闻之笑见齿。
> 今来茗战得异人,桃叶渡口闵老子。
> 钻研水火七十年,嚼碎虚空辨渣滓。
> 白瓯沸雪发兰香,色似梨花透窗纸。
> 舌间幽沁味同谁,甘酸都尽橄榄髓。
> 及余一晤王月生,恍见此茶能语矣。
> 蹴三致一步杳移,狷洁幽闲意如水。
> 依稀莙粉解新篁,一茎秋兰初放蕊。
> 縠雾犹嫌弱不胜,尖弓适与湘裙委。
> 一往情深可奈何,解人不得多流视。
> 余惟对之敬畏生,君谟嗅茶得其旨。
> 但以佳茗比佳人,自古何人见及此。
> 犹言书法在江声,闻者喷饭满其几。

表面上看起来王月生高贵脱俗,戏弄了那位公子,但实际上她仍摆脱不了卖笑为生的尴尬处境,不过是有一些挑选顾客的空间而已。等到国破家亡之际,她们的命运往往最为悲惨,只要看看余怀的《板桥杂记》就可知道。

范与兰

范与兰七十有三,好琴,喜种兰及盆池小景。建兰三十余缸,大如簸箕。早舁①而入,夜舁而出者,夏也;早舁而出,夜舁而入者,冬也;长年辛苦,不减农事。花时,香出里外,客至坐一时,香袭衣裾,三五日不散。余至花期至其家,坐卧不去,香气酷烈,逆鼻不敢嗅,第开口吞欱②之,如沆瀣③焉。花谢,粪之满箕④,余不忍弃,与与兰谋曰:"有面可煎,有蜜可浸,有火可焙,奈何不食之也?"与兰首肯余言。

与兰少年学琴于王明泉⑤,能弹《汉宫秋》《山居吟》《水龙吟》三曲。后见王本吾⑥琴,大称善,尽弃所学而学焉,半年学《石上流泉》一曲,生涩犹棘手。王本吾去,旋亦忘之,旧所学又锐意去之,不复能记忆,究竟终无一字,终日抚琴,但和弦而已。

所畜小景,有豆板黄杨⑦,枝干苍古奇妙,盆石称之。朱樵峰以二十金售之,不肯易,与兰珍爱,"小妾"呼之。余强借斋头三月,枯其垂一干,余懊惜,急舁归与兰。与兰惊惶无措,煮参汁浇灌,日夜摩之不置,一月后枯干复活。

【注释】

①舁(yú):抬,搬。

②欱(hē):吸,吞咽。

③沆瀣(hàng xiè):浮动的水汽。《夜航船》中说:"沆瀣:夜半清气从北方起者,谓之沆瀣。"

④粪之满箕:将落花扫除,盛满簸箕。粪,扫除。

⑤王明泉:绍兴人,明末琴师。作者曾与范与兰向他学琴。

⑥王本吾:松江人,音乐家,擅琴艺。

⑦豆板黄杨:一种常绿灌木,生长于山地或多石之处,有观赏价值。

【赏读】

张岱曾说"人无癖不可与交,以其无深情也",而本文中的范与兰显然是个深情的人。他喜欢兰花,甚至连凋落的花瓣也舍不得遗弃,而是把它们全都收集起来做成美食。他喜欢弹琴,为了学习更好的琴法,刻意忘记之前的所学,虽然学艺不精,但仍然"终日抚琴"。他对小盆景的痴迷让人颇觉可爱,将豆板黄杨称为"小妾",有林逋"梅妻鹤子"之情趣。

岣嵝山房（一）①

李芨②号岣嵝，武林③人，住灵隐韬光山下。造山房数楹，尽驾回溪绝壑之上。溪声淙淙出阁下，高厓插天，古木蓊蔚，大有幽致。山人居此，孑然一身，好诗，与天池徐渭④友善。客至，则呼僮驾小舫，荡桨于西泠、断桥之间，笑咏竟日。以山石自磊生圹，死即埋之⑤。所著有《岣嵝山人诗集》四卷。

天启甲子，余与赵介臣⑥、陈章侯⑦、颜叙伯⑧、卓珂月⑨、余弟平子⑩读书其中。主僧⑪自超，园蔬山蔌⑫，淡薄凄清。但恨名利之心未净，未免唐突山灵，至今犹有愧色。

【注释】

①岣嵝山房：本文出自《西湖梦寻》。

②李芨（bá）：即李元昭，字用晦，号岣嵝山人。与徐渭相善，著有《岣嵝山人诗集》。作者曾祖张元忭撰有《李元昭岣嵝山房记》。清人翟灏《湖山便览》对其人其园亦有

记载。

③武林：杭州西灵隐山又名武林山，后世多以此指称杭州。

④天池徐渭：字文清，后改字文长，号天池山人、青藤老人，山阴（今浙江绍兴）人。明文学家、书画家。曾为胡宗宪幕僚，在诗文、戏剧、书画等方面皆有建树。

⑤死即埋之：典出《晋书·刘伶传》："（刘伶）常乘鹿车，携一壶酒，使人荷锸而随之，谓曰：'死便埋我'。其遗形骸如此。"

⑥赵介臣：即赵继抃，字介臣。张岱友人。工书法。

⑦陈章侯：即陈洪绶，字章侯，号老莲。诸暨（今浙江诸暨）人。明末著名画家。

⑧颜叙伯：生平不详，明遗民，入清后隐居，与黄宗羲有交往。

⑨卓珂月：即卓人月，字珂月，号蕊渊，别署江南月中人。富才情，诗文词曲兼擅。

⑩余弟平子：即作者的胞弟张平子，曾与张岱一起学琴、读书。

⑪主僧：佛寺的主持。

⑫山蔌（sù）：山蔬。

【赏读】

作者为岣嵝山房专门写了两篇文章，由此可见他的喜爱程度。他曾和朋友们在那里一起读书,前后住了七个月,每天所吃都是当地新采摘的菜蔬瓜果,那是一段十分美好的人生回忆。作者感到遗憾的是,当时名利之心未净,唐突了山灵,这份忏悔显然与其晚年的心境有关。

苏小小墓

苏小小者，南齐时钱塘名妓也。貌绝青楼，才空士类①，当时莫不艳称。以年少早卒，葬于西泠之坞。芳魂不殁，往往花间出现。宋时有司马槱②者，字才仲，在洛下梦一美人搴帷而歌，问其名，曰："西陵苏小小也。"问歌何曲？曰："《黄金缕》③。"

后五年，才仲以东坡荐举，为秦少章④幕下官，因道其事。少章异之，曰："苏小之墓，今在西泠，何不酹酒吊之。"才仲往寻其墓拜之。是夜，梦与同寝，曰："妾愿酬矣。"自是幽昏三载，才仲亦卒于杭，葬小小墓侧。

【注释】

①才空士类：才能超过一般的读书人。空，冠、绝。

②司马槱（yǒu）：字才仲，陕州夏台（今山西夏县）人。司马光侄孙。元祐六年（1091）赐同进士出身，曾任河中府司理参军。工诗词。

③《黄金缕》：又名《蝶恋花》，词牌名，分上下两阕，共六十个字，一般用来填写多愁善感、缠绵悱恻的内容。

④秦少章：即秦觏，字少章，高邮（今江苏高邮）人，秦观之弟。元祐六年（1091）进士，曾任临安仁和主簿等。

【赏读】

西湖所展示的既是一幅绝美的自然风光图，同时也是一道浪漫的世态风情画，各类历史人物在这里粉墨登场，留下了自己的印迹。对苏小小来说，她留给西湖的是美貌与才情，没有像她与司马槱这样的传奇故事，西湖美景会缺少灵性。

苏小小墓历经岁月沧桑，多次遭损毁。1964年，墓亭被毁坏。2004年重修。

小青佛舍

小青，广陵①人。十岁时遇老尼，口授《心经》②，一过成诵。尼曰："是儿早慧福薄，乞付我作弟子。"母不许。长好读书，解音律，善弈棋。误落③武林富人，为其小妇。大妇奇妒，凌逼万状。

一日携小青往天竺④，大妇曰："西方佛无量，乃世独礼大士⑤，何耶?"小青曰："以慈悲故耳。"大妇笑曰："我亦慈悲若⑥。"乃匿之孤山佛舍，令一尼与俱。小青无事，辄临池自照，好与影语，絮絮如问答，人见辄止。故其诗有"瘦影自临春水照，卿须怜我我怜卿"之句⑦。

后病瘵⑧绝粒，日饮梨汁少许，奄奄待尽。乃呼画师写照，更换再三，都不谓似。后画师注视良久，匠意妖纤。乃曰："是矣。"以梨酒供之榻前，连呼："小青！小青！"一恸而绝，年仅十八。遗诗一帙。大妇闻其死，立至佛舍，索其图并诗焚之，遽去。

【注释】

①广陵：今江苏扬州。

②《心经》：《般若波罗蜜多心经》的简称。

③误落：陷入不好的境地，这里是错嫁、误嫁的意思。

④天竺：即天竺寺，寺名。在杭州灵隐山飞来峰南，有上、中、下三座。

⑤大士：本为菩萨的通称，这里特指观音菩萨。

⑥若：像观音一样。一说即第二人称代词"你"。

⑦"瘦影"二句：全诗为"新妆竟与画图争，知在昭阳第几名？瘦影自临春水照，卿须怜我我怜卿。"

⑧病瘵（zhài）：多指痨病。

【赏读】

冯小青是实有其人还是想象虚构的传说人物，历来争论不休，至今也没有一致的结论。有意思的是，明清时期，围绕冯小青形成了一个不大不小的创作热潮，关于她的故事，有大量诗文不说，还有很多戏曲、说唱、小说等作品。人们何以对这样一个女性如此关注？除了对其才貌的欣赏和仰慕外，更多的是对其不幸命运的同情。红颜薄命，这是冯小青命运的写照。

钱王祠

钱镠①,临安石鉴乡人,骁勇有谋略。壮而微,贩盐自活。唐僖宗②时,平浙寇王仙芝③,拒黄巢④,灭董昌⑤,积功自显。梁开平⑥元年,封镠为吴越王。有讽镠拒梁命者,镠笑曰:"吾岂失一孙仲谋⑦耶!"遂受之。改其乡为临安县,军为锦衣军。是年,省茔垄,延故老,旌钺鼓吹,振耀山谷。自昔游钓之所,尽蒙以锦绣,或树石至有封官爵者,旧贸盐担,亦裹锦韬⑧之。

一邻媪九十余,携壶浆迎于道左,镠下车亟拜。媪抚其背,以小字呼之曰:"钱婆留,喜汝长成。"盖初生时,光怪满室,父惧,将沉于了溪,此媪苦留之,遂字焉。为牛酒,大陈以饮乡人,别张蜀锦为广幄,以饮乡妇。年上八十者饮金爵,百岁者饮玉爵。镠起劝酒,自唱还乡歌以娱宾,曰:"三节⑨还乡兮挂锦衣,父老远近来相随。斗牛⑩光起天无欺,吴越一王驷马⑪归。"时将筑宫殿,望气者⑫言:"因故府大之,不过百年；填西湖之半，可得千年。"武肃笑曰："焉有千年而其中不出真主者乎？奈何困吾民为。"遂弗改造。

宋熙宁间，苏子瞻守郡，请以龙山废祠妙音院者，改为表忠观⑬以祀之。今废。明嘉靖三十九⑭，督抚胡宗宪⑮建祠于灵芝寺址，塑三世五王⑯像，春秋致祭，令其十九世孙德洪⑰者守之。郡守陈柯⑱重镌《表忠观碑记》于祠。

【注释】

①钱镠（liú）：字具美，小字婆留，临安（今浙江杭州临安区）人，五代十国时期吴越国的创建者，在位四十一年，谥号武肃王。

②唐僖宗：即唐朝皇帝李俨，后改名李儇，874年至888年在位。

③王仙芝：濮州（治今山东鄄城北）人，唐末农民起义领袖。

④黄巢：曹州冤句（今山东曹县西北）人，唐末农民起义领袖。

⑤董昌：临安人。唐末历任义胜军节度使，后自称大越罗平国皇帝，为钱镠所灭。

⑥开平：后梁太祖朱温年号（907~911）。

⑦孙仲谋：即孙权，字仲谋，吴郡富春（今浙江杭州富

阳区）人，三国时期吴国开国君主。

⑧韬：掩盖，覆盖。

⑨三节：三镇节度使。清王鸣盛《十七史商榷》："三节者，镠在唐已领镇海、镇东两军节度，入梁又兼淮南也。"

⑩斗牛：二十八星宿中的斗宿和牛宿。

⑪驷马：这里指驾四匹马的高车，表示地位显贵。

⑫望气者：风水术士，观测云气的占卜者。

⑬表忠观：熙宁十年（1077），杭州郡守赵抃为钱镠建"表忠观"，以彰其功。苏轼称其有保卫两浙之功，并立《钱氏表忠观碑》于钱王祠侧。

⑭明嘉靖三十九年：即公元1560年。

⑮胡宗宪：字汝贞，号梅林，绩溪（今安徽绩溪）人。嘉靖十七年（1538）进士。历任浙江巡按御史、兵部尚书，并加少保，后因列名严党入狱，死于狱中。

⑯三世五王：吴越国共传袭三代，五位封王，分别为钱镠、钱元瓘、钱弘佐、钱弘倧、钱弘俶。

⑰德洪：即钱德洪，名宽，字德洪，号绪山，余姚（今浙江余姚）人。嘉靖十一年（1532）进士。官至刑部郎中。明朝中后期哲学家、思想家。

⑱陈柯：字君则，闽县（今福建福州）人，嘉靖二十九年（1550）进士，历任户部主事、杭州知府。

【赏读】

在中国历史上，五代十国几乎是乱世的代名词，这一段历史的时间并不长，但头绪繁多，因而关注者不多，很多人物事件被遮蔽，比如这位颇有传奇色彩的钱镠。如今知道他的人并不多，甚至可以说是很少，但在当年，这可是一位风云人物。讲到西湖的前世今生，必然会讲到他，他在这里留下了很多自己的印迹，包括这座钱王祠。除本文外，张岱还写有《钱王祠》诗："扼定东南十四州，五王并不事兜鍪。英雄球马朝天子，带砺山河拥冕旒。大树千株被锦绂，钱塘万弩射潮头。五胡纷扰中华地，歌舞西湖近百秋。"

清代康熙皇帝南巡时，曾为钱王祠题写"保障江山"四字，并勒石建牌坊。钱王祠在灵芝寺遗址中，大部分房宇已毁，仅剩一小院，主要建筑有门楼、大殿等。

鲁云谷传

会稽宝祐桥①南,有小小药肆,则吾友云谷悬壶②地也。肆后精舍半间,虚窗晶沁,绿树浓阴,时花稠杂。窗下短墙,列盆池小景,木石点缀,笔笔皆云林、大痴。墙外草木奇葩,绣错如锦。

云谷深于茶理,禊水雪芽,事事精办。相知者日集试茶,纷至沓来,应接不暇。人病其烦,而云谷乐此不为疲也。术擅痈疽,更专痘疹。然皆以聪明用事,医不经师,方不袭古,每以劫剂臆见③,起死回生。人终疑其游戏岐黄④,不尊不信,故凡患痘之家,非极险极逆时,医之所谢绝者,决不顾吾云谷也。云谷也诊视灵敏,可救则救,不可救则望之却走,未尝依回盼睐,受人一钱。

性极好洁,负米颠⑤之癖,恨烟、恨酒、恨人撷花,尤恨人唾洟秽地,闻喀痰声,索之不得,几学倪迂,欲将梧桐斫尽。故非解人韵士,不得与之久交。

自小多艺,凡羌笛、胡琴、凤笙、斑管,无不精妙。而尤喜以洞箫和人度曲。向与李玉成竹肉⑥相得，后惟王公端与之合调，余皆非其敌手也。

其密友惟陆癯庵⑦、金尔和⑧与余三人，非大风雨，非至不得已事，必日至其家，啜茗焚香，剧谈谑笑，十三年于此。今年庚戌三月之晦，与癯庵饮谢纬止家，及散，犹畚土移花，夜则与范成之剪烛谈心，二鼓方寝。次日呼之不起，排闼而入，则遗蜕⑨在床矣。余与尔和闻之惊诧，仓皇走视，痴痦植立，惝恍久之。谓生死大事，迅速若此，真如梦幻。痛悼不已，归坐山斋，忆其生平，遂为作传。夜静灯昏，尚有云谷在吾笔端踽踽欲动。

张子曰：

云谷居心高旷，凡炎凉势利，举不足以入其胸次。故生平不晓文墨，而有诗意；不解丹青，而有画意；不出市廛⑩，而有山林意。至其结交良友，直是性生，非由矫强。

数月前有客在座，命苍头取其所藏雪水煮茶，而大为室人所谪⑪，云谷大怒，经旬不与交语。谓余弟道之曰："某以朋友为性命，乃欲绝我朋友，不若去此蠢妇！"

只此一语，具见侠肠，是岂不读书、不晓文墨之人而能道此也哉！

【注释】

①宝祐桥:在今绍兴城东,宋理宗宝祐年间(1253~1258)所建的一座桥梁。

②悬壶:指行医、卖药。

③劫剂:猛烈的药剂。臆见:个人主观的见解。

④岐黄:岐伯和黄帝,相传为医家之祖,后为中医医术的代称。

⑤米颠:北宋书画家米芾,因其行止违世脱俗,倜傥不羁,人称"米颠"。

⑥李玉成:张岱的朋友,精通音乐,张岱写有《李玉成吹麝䈏》诗。竹肉:泛指演奏器乐与歌唱。

⑦陆癯庵:张岱好友,张岱曾写有《寿陆癯庵八十》诗。

⑧金尔和:张岱好友,张岱曾写有《金尔和文孙入泮》诗。

⑨遗蜕:此处指人死后的尸体。

⑩市廛:闹市,商铺云集之地。

⑪室人:家人,妻妾。谪:指责,责备。

【赏读】

非常之人必有非常之才,说的就是这位鲁云谷。治病这种人命关天的大事,他照样不按套路出牌,"医不经师,方不袭古",很是任性,用的虽然都是险招,但往往能救命,就看病人敢不敢过来找他了。

非常之人必有非常之性。这位鲁云谷的个性也很鲜明,遇到不可救的病人拔腿走人,有洁癖,把朋友看得和性命一样重要。这正是作者喜欢的那类朋友,他在《祁止祥癖》一文中曾说过这样的话:"人无癖不可与交,以其无深情也;人无疵不可与交,以其无真气也。"鲁云谷正符合作者的交友条件,深情而有真气。

卷二 轶事

吾辈纵舟,
酣睡于十里荷花之中,
香气拍人,清梦甚惬。

金山①夜戏

崇祯二年②中秋后一日,余道镇江往兖③。日晡④,至北固⑤,舣舟⑥江口。月光倒囊入水,江涛吞吐,露气吸之,噀⑦天为白。余大惊喜。移舟过金山寺,已二鼓矣。经龙王堂,入大殿,皆漆静⑧。林下漏月光,疏疏如残雪。

余呼小傒携戏具,盛张灯火大殿中,唱韩蕲王⑨金山及长江大战诸剧。锣鼓喧阗,一寺人皆起看。有老僧以手背搬眼翳⑩,翕然张口,呵欠与笑嚏俱至。徐定睛,视为何许人,以何事何时至,皆不敢问。

剧完将曙,解缆过江。山僧至山脚,目送久之,不知是人、是怪、是鬼。

【注释】

①金山:在今江苏镇江西北,名胜古迹有金山寺、慈寿塔等。

②崇祯二年:即1629年。

③兖：兖州，在今山东西南部。
④晡（bū）：即申时，相当于现在的下午三点到五点。
⑤北固：北固山，在今江苏镇江北长江边上，由前峰、中峰和后峰组成，以北峰三面临江，地形险要，故称"北固"。
⑥舣（yǐ）舟：停船靠岸。
⑦噀（xùn）：喷，吐。
⑧漆静：昏暗宁静。
⑨韩蕲王：即韩世忠，南宋抗金名将，去世后被追封为蕲王。
⑩挼（sà）：揉。眵（yì）：眼角膜上所长的一种妨碍视线的白斑，多见于老年人。

【赏读】

大概是被长江壮观的景色激发出豪情，作者忽然来这么一出，确实出人意料。毕竟曾经年轻过，轻狂过，已到耄耋之年的作者此时回想起来，内心想必也不会太平静。

夜深人静的时候，突然锣鼓喧天，竟然唱起夜戏来，可以想象寺里的这些僧人们惊愕、好奇的表情。听了一场没头没脑的戏，如堕雾中，确实弄不清到底是人、是怪还是鬼。

在作者看来，他演出的是戏，在外围观的僧人们的举动又是一场戏。正所谓乘兴而来，兴尽而返。作者举止，颇有魏晋风度。

砎园①

砎园，水盘据之，而得水之用，又安顿之若无水者。

寿花堂，界以堤，以小眉山，以天问台，以竹径，则曲而长，则水之；内宅，隔以霞爽轩，以酣漱，以长廊，以小曲桥，以东篱，则深而邃，则水之；临池，截以鲈香亭、梅花禅，则静而远，则水之；缘城，护以贞六居，以无漏庵，以菜园，以邻居小户，则阒②而安，则水之用尽。

而水之意色，指归乎庞公池③之水。庞公池，人弃我取，一意向园，目不他瞩，肠不他回，口不他诺，龙山蠖蚭④，三折就之，而水不之顾。人称砎园能用水，而卒得水力焉。

大父⑤在日，园极华缛。有二老盘旋其中，一老曰："竟是蓬莱阆苑了也。"一老哂⑥之曰："个边那有这样？"

【注释】

①砎园:张岱祖父张汝霖晚年所筑,据祁彪佳《越中园亭记》记载:"张肃之先生晚年筑室于龙山之旁,而开园其左。有鲈香亭,临王公池上。凭窗眺望,收拾龙山之胜殆尽。寿花堂、霞爽轩、酣漱阁,皆在水石萦回、花木映带处。"

②閟(bì):幽静。

③庞公池:在绍兴卧龙山之西,旧为王公池,宋皇祐间王逵知越州(绍兴)时建。

④龙山:又称卧龙山,位于绍兴城西,以形如卧龙而得名。春秋时为越国王城,越大夫文种死后葬于此处,故又名种山,后因绍兴府署设在此山东麓,改称府山。蠷(kuí)蚭(ní):蚰蜒,此处形容龙山连绵不断的样子。

⑤大父:即作者祖父张汝霖,字肃之,号雨若,又号砎园居士。

⑥咈(fú):否定,不赞同。

【赏读】

得水之力、之神、之趣,却又不着痕迹,好像没水的样子,有无之间,安顿巧妙。此景只应天上有,人间难得几回观,难怪两位老先生有置身蓬莱之感。看来作者对园林的精通是有家传的,无论是其高祖还是其祖父,都精于此道。

葑①荷宕

天启壬戌②六月二十四日，偶至苏州，见士女倾城而出，毕集于葑门外之荷花宕。楼船画舫至鱼艛小艇③，雇觅一空。远方游客，有持数万钱无所得舟，蚁旋岸上者。

余移舟往观，一无所见。宕中以大船为经，小船为纬，游冶子弟，轻舟鼓吹，往来如梭。舟中丽人皆倩妆淡服，摩肩簇舄④，汗透重纱。舟楫之胜以集，鼓吹之胜以杂，男女之胜以溷，歊暑燂烁⑤，靡沸终日而已。

荷花宕经岁无人迹，是日，士女以鞋鞔⑥不至为耻。袁石公⑦曰："其男女之杂，灿烂之景，不可名状。大约露帏则千花竞笑，举袂则乱云出峡，挥扇则星流月映，闻歌则雷辊⑧涛趋。"盖恨虎丘⑨中秋夜之模糊躲闪，特至是日而明白昭著之也。

【注释】

①葑（fēng）门：在今江苏苏州城东。初名封门，因周

围多水塘，盛产荸，后改称荸门。

②天启壬戌：即天启二年（1622）。

③楼船：有多层结构的游船。画舫：装饰华美的船只。舴（lí）：小船。

④舄（xì）：鞋。

⑤歊（xiāo）：热气直冒。燀（tán）烁：炽热，炎热。

⑥鞵靸（sǎ）：泛指鞋。

⑦袁石公：即袁宏道，字中郎，号石公，湖广公安人。下面的引文出自其《荷花荡》一文。

⑧雷辊（gǔn）：雷声轰鸣。

⑨虎丘：在今江苏苏州，有吴中第一名胜的美称。张岱在《夜航船》中亦有介绍："虎丘：吴王阖闾死，治葬，穿土为川，积壤为丘，铜棺三重，以黄金珠玉为凫雁。葬三月，金精上腾为白虎，蹲踞山顶，因名虎丘。"

【赏读】

农历六月二十四，相传是荷花的生日，按苏州当地的民俗，这一天全城男女老少都要到荷花宕赏荷。这实际上就是一次全城民众的狂欢，该文如同一幅民俗风景图，生动地描绘了当年的盛况。也只有在太平盛世才会出现这样的景象，作者极力描写，大概想突出这一点。

越俗扫墓

越俗扫墓，男女袨服①靓妆，画船箫鼓，如杭州人游湖，厚人薄鬼，率以为常。二十年前，中人之家尚用平水屋帻船②，男女分两截坐，不坐船③，不鼓吹。先辈谑之曰："以结上文两节之意。"后渐华靡，虽监门小户，男女必用两坐船④，必巾，必鼓吹，必欢呼畅饮。

下午必就其路之所近，游庵堂、寺院及士夫家花园。鼓吹近城，必吹《海东青》《独行千里》，锣鼓错杂。酒徒沾醉，必岸帻⑤嚣嚎，唱无字曲，或舟中攘臂，与侪列厮打。自二月朔至夏至，填城溢国，日日如之。

乙酉⑥，方兵⑦划江而守，虽鱼艒菱舠，收拾略尽。坟垅数十里而遥，子孙数人挑鱼肉楮钱，徒步往返之，妇女不得出城者三岁矣。萧索凄凉，亦物极必反之一。

【注释】

①袨(xuàn)服：华美艳丽的衣服。

②平水：地名，绍兴城南有平水溪，溪边有集市。屋帻(zé)船：一种带有布幔的船。

③不坐船：不雇用专门载客的船。

④两坐船：两条载客的船，男女分开乘坐。

⑤岸帻：推起头巾，露出额头，形容态度洒脱或衣着简率不拘。这里形容人醉酒后的狂放行为。

⑥乙酉：清顺治二年（1645）。

⑦方兵：方国安手下士兵。当时鲁王监国绍兴，封方国安为镇东侯，方国安率军抗清，镇守钱塘江，后降清被诛。

【赏读】

此文是对绍兴一带扫墓风俗的写实，着意于扫墓之后的游乐，画船箫鼓、欢呼畅饮，一派繁华奢靡。笔锋一转，"填城溢国"的扫墓盛况转眼间变成"收拾略尽"的"萧索凄凉"，"物极必反"一语后有多少难以言说的感慨和忧伤。

鲁藩①烟火

兖州鲁藩烟火妙天下。烟火必张灯,鲁藩之灯,灯其殿,灯其壁,灯其楹柱,灯其屏,灯其座,灯其宫扇、伞盖。诸王公子、宫娥僚属、队舞乐工,尽收为灯中景物。及放烟火,灯中景物又收为烟火中景物。天下之看灯者,看灯灯外;看烟火者,看烟火烟火外,未有身入灯中、光中、影中、烟中、火中,闪烁变幻,不知其为王宫内之烟火,亦不知其为烟火内之王宫也。

殿前搭木架数层,上放"黄蜂出窠""撒花盖顶""天花喷礴"。四旁珍珠帘八架,架高二丈许,每一帘嵌孝、悌、忠、信、礼、义、廉、耻一大字。每字高丈许,晶映高明。下以五色火漆②塑狮、象、橐驼之属百余头,上骑百蛮,手中持象牙、犀角、珊瑚、玉斗诸器,器中实"千丈菊""千丈梨"诸火器。兽足蹑以车轮,腹内藏人,旋转其下。百蛮手中瓶花徐发,雁雁行行,且阵且走③。

移时,百兽口出火,尻亦出火,纵横践踏。端门内外，烟焰蔽天，月不得明，露不得下。看者耳目攫夺，屡欲狂易④，恒内手持之⑤。

昔者有一苏州人，自夸其州中灯事之盛，曰："苏州此时有烟火，亦无处放，放亦不得上。"众曰："何也？"曰："此时天上被烟火挤住，无空隙处耳！"人笑其诞。于鲁府观之，殆不诬也。

【注释】

①鲁藩：洪武三年（1370），朱元璋封其第十子朱檀于山东兖州，檀及其子孙皆称为鲁王，后世因袭，故名。

②火漆：又叫封蜡，以松脂、石蜡为原料加颜料制成的物质，易融化，易凝固，通常用于密封文件、瓶口等。此处用以塑造动物模型。

③且阵且走：一边排列队阵一边跑着。

④狂易：精神失常，一反常态。

⑤恒内手持之：一直让人握着自己的手。这里指精神紧张。

【赏读】

因父亲在鲁王手下任职的关系，张岱对鲁藩的生活较为熟悉，从烟火之一端不难想见其生活之奢华。

在作者看来，鲁藩烟火的绝妙之处在于人物与烟火

融为一体,互为风景。读罢此文,很自然会联想到现代诗人卞之琳的《断章》:

> 你站在桥上看风景,
> 看风景人在楼上看你。
> 明月装饰了你的窗子,
> 你装饰了别人的梦。

不二斋[1]

不二斋,高梧三丈,翠樾千重,墙西稍空,蜡梅补之,但有绿天,暑气不到。后窗墙高于槛,方竹数竿,潇潇洒洒,郑子昭"满耳秋声"横披一幅。天光下射,望空视之,晶沁如玻璃、云母,坐者恒在清凉世界。图书四壁,充栋连床;鼎彝尊罍,不移而具。

余于左设石床竹几,帷之纱幕,以障蚊虻。绿暗侵纱,照面成碧。夏日,建兰、茉莉,芳泽[2]浸人,沁入衣裾。重阳前后,移菊北窗下,菊盆五层,高下列之,颜色空明,天光晶映,如沉秋水。冬则梧叶落,蜡梅开,暖日晒窗,红炉毾㲪[3]。以昆山石种水仙,列阶趾。春时,四壁下皆山兰,槛前芍药半亩,多有异本。余解衣盘礴[4],寒暑未尝轻出,思之如在隔世。

【注释】

①不二斋:为张岱曾祖父张元忭所建。祁彪佳《越中园亭记》有如下记载:"张文恭于居第旁,有楼三楹为讲学地,

其家曾孙宗子更新之,建云林秘阁于后。宗子嗜古,擅诗文,多蓄奇书文玩之具,皆极精好,洵惟懒瓒清秘,足以拟之。"

②芗泽:同"香泽",香气。

③毾㲪(tà dēng):彩纹细毛毯。

④盘礴:亦作"般礴",伸开腿坐,形容无拘无束的样子。《庄子·田子方》:"公使人视之,则解衣般礴臝。"司马云:"般礴,谓箕坐也。"

【赏读】

不二斋与梅花书屋一样,都是作者的书房,在如此清雅幽静的庭院里坐拥书城,读书会友,也是人生的一大快乐,读之令人神往。文章最后一句"思之如在隔世",短短六个字,将所有浓墨重彩描绘的景致化为乌有,对此时的作者来说,不过一梦而已。当年流连其中时,谁能想到日后的凄楚?

三世藏书

余家三世积书三万余卷。大父诏余曰："诸孙中惟尔好书，尔要看者，随意携去。"余简太仆、文恭①、大父丹铅所及，有手泽者存焉，汇以请，大父喜，命舁去，约二千余卷。天启乙丑②，大父去世，余适往武林，父叔及诸弟、门客、匠指、臧获③、獠婢辈乱取之，三代遗书，一日尽失。

余自垂髫聚书四十年，不下二万卷。乙酉避兵入剡④，略携数簏随行，而所存者，为方兵所据，日裂以吹烟，并舁至江干，藉⑤甲内，挡箭弹，四十年所积，亦一日尽失。此吾家书运，亦复谁尤。

余因叹古今藏书之富，无过隋、唐。隋嘉则殿分三品，有红琉璃、绀琉璃、漆轴之异。殿垂锦幔，绕刻飞仙。帝幸书室，践暗机，则飞仙收幔而上，橱扉自启；帝出，闭如初。隋之书计三十七万卷。唐迁内库书于东宫丽正殿，置修文、著作两院学士，得通籍⑥出入。太府⑦月给蜀都麻纸五千番，季给上谷墨三百三十六丸，岁给河间、景城、清河、博平四郡兔千五百皮为笔，以甲、乙、丙、丁为次⑧。唐之书计二十万八千卷。我明中秘书不可胜计，即《永乐大典》⑨一书，亦堆积数库焉。余书直九牛一毛耳，何足数哉。

【注释】

①太仆：张岱高祖张天复，曾官甘肃道行太仆寺卿。文恭：指张岱曾祖张元忭，谥文恭。

②天启乙丑：即天启五年（1625）。

③臧获：奴婢。《夜航船》中有解释："臧获：海岱之间骂奴曰臧，骂婢曰获。盖古无奴婢，犯事者被臧，没入官为奴；妇女逃亡，获得者为婢。"

④剡（shàn）：剡溪，在今浙江嵊州。顺治二年（乙酉），张岱避兵乱，入嵊县西白山中。

⑤藉：垫。

⑥通籍：古代出入宫时将写有姓名、年龄、身份的竹片挂在宫门外，以备核对，合者乃得入宫。

⑦太府：官名，掌管国家钱谷财货。

⑧"以甲"句：《夜航船》载："玄宗两都各聚书四部，以甲、乙、丙、丁为号；甲，经部，赤牙签；乙，史部，绿牙签；丙，子部，碧牙签；丁，集部，白牙签。"

⑨《永乐大典》：明成祖永乐年间，解缙等人编纂的一部大型类书，共二万二千八百七十七卷，收录古代典籍七八

千种。今只存残本。

【赏读】

　　一夜之间,三代积书荡然无存;一夜之间,四十年的藏书化为乌有。一是毁于家人,一是毁于兵火,对于一个读书人来说,还有什么比这更为痛心的事情呢?

　　本文最后一段为张岱《石匮书》卷三十七《艺文志总论》中的一部分。从个人藏书之失联想到历代藏书之变迁,言语之间流露出沧桑之叹。是啊,国已不存,命在旦夕,这些书籍又算什么呢?又有谁能守得住呢?

秦淮河房[①]

秦淮河河房，便寓，便交际，便淫冶，房值甚贵，而寓之者无虚日。画船箫鼓，去去来来，周折其间。河房之外，家有露台，朱栏绮疏，竹帘纱幔。夏月浴罢，露台杂坐。两岸水楼中，茉莉风起，动儿女香甚。女客团扇轻纨，缓鬓倾髻，软媚着人。

年年端午，京城士女填溢，竞看灯船。好事者集小篷船百什艇，篷上挂羊角灯[②]如联珠，船首尾相衔，有连至十余艇者。船如烛龙火蜃[③]，屈曲连蜷，蟠委旋折，水火激射。舟中镦钹星铙，宴歌弦管，腾腾如沸。士女凭栏轰笑，声光凌乱，耳目不能自主。午夜，曲倦灯残，星星自散。钟伯敬[④]有《秦淮河灯船赋》，备极形致。

【注释】

①秦淮河：长江下游支流，汉代起称淮水，唐以后改称秦淮。旧时秦淮河两岸多歌台舞榭，为冶游之地。河房：河

边的房屋。

②羊角灯：用经过特殊加工的羊角做灯罩的灯，在当时属于名贵的奢侈品。

③蜃（shèn）：传说中蛟龙一类的动物，能吐气成海市蜃楼。

④钟伯敬：即钟惺，字伯敬，湖北竟陵人。明代文学家，竟陵派的代表人物。曾作《秦淮河灯船赋》，描述秦淮景致。

【赏读】

十里秦淮河，六朝金粉地，秦淮河房最早可以追溯到孙吴时期。孙权定都南京，并在秦淮河一带修建都城，沿河两岸随之也就出现了河房。到了明代，秦淮河一带商贾云集，店肆林立，酒楼舞榭，比比皆是，可谓盛极一时。

王朝更迭，江山易主，却永远也阻挡不了秦淮河畔的夜夜笙歌。千百年来，秦淮风月见证着岁月的繁华，也记录着时代的沧桑。

二十四桥①风月

广陵②二十四桥风月,邗沟③尚存其意。渡钞关④,横亘半里许,为巷者九条。巷故九,凡周旋折旋于巷之左右前后者,什百之。巷口狭而肠曲,寸寸节节,有精房密户,名妓、歪妓杂处之。

名妓匿不见人,非向导莫得入。歪妓多可五六百人,每日傍晚,膏沐熏烧,出巷口,倚徙盘礴于茶馆酒肆之前,谓之"站关"。茶馆、酒肆、岸上下,纱灯百盏,诸妓掩映闪灭于其间,疤蟊⑤者帘,雄趾者阈⑥。灯前月下,人无正色,所谓"一白能遮百丑"者,粉之力也。游子过客,往来如梭,摩睛相觑,有当意者,逼前牵之去,而是妓忽出身分,肃客先行,自缓步尾之。至巷口,有侦伺者,向巷门呼曰:"某姐有客了!"内应声如雷。火燎⑦即出,一一俱去,剩者不过二三十人。

沉沉二漏,灯烛将烬,茶馆黑魆无人声。茶博士不好请出,惟作呵欠,而诸妓醵钱⑧向茶博士买烛寸许，以待迟客。或发娇声，唱《劈破玉》⑨等小词；或自相谑浪嬉笑，故作热闹，以乱时候。然笑言哑哑声中，渐带凄楚。夜分不得不去，悄然暗摸如鬼，见老鸨，受饿、受笞，俱不可知矣。

余族弟卓如，美须髯，有情痴，善笑，到钞关，必狎妓。向余噱曰："弟今日之乐，不减王公。"余曰："何谓也？"曰："王公大人侍妾数百，到晚耽耽望幸，当御者不过一人。弟过钞关，美人数百人，目挑心招⑩，视我如潘安。弟颐指气使，任意拣择，亦必得一当意者呼而侍我。王公大人，岂过我哉！"复大噱，余亦大噱。

【注释】

①二十四桥：扬州名胜。一说二十四桥即扬州城内的二十四座桥；一说指一座桥，名谓"二十四桥"。李斗《扬州画舫录》载："二十四桥即吴家砖桥，一名红药桥，在熙春台后。"

②广陵：今江苏扬州。

③邗（hán）沟：又称邗水、邗江、邗溟沟，春秋时吴王夫差为通粮道而开凿的古运河。

④钞关：明清两代收取关税的地方。因以钞纳税，故名。扬州钞关位于挹江门附近，街上有九条巷子，每条巷里

通若干小巷，为妓院集中之地。

⑤疤鳖（lì）：皮肤粗糙，相貌不好。鳖，老茧。

⑥雄趾：大脚。阈（yù）：门槛。这里用作动词，意为站在门内。

⑦火燎：火把，灯烛。

⑧醵（jù）钱：凑钱。

⑨劈破玉：当时一种流行的民间小曲。

⑩目挑心招：指娼妓摆出诱人的神态。

【赏读】

唐代杜牧有诗云："二十四桥明月夜，玉人何处教吹箫。"宋代姜夔有词云："二十四桥仍在，波心荡，冷月无声。"晚明张岱文云："广陵二十四桥风月，邗沟尚存其意。"欢笑与凄楚，喧闹与冷清，这正是二十四桥风月的真实写照，也是作者想要写出的醉生梦死背后的隐忧。

张氏声伎

谢太傅①不畜声伎,曰:"畏解,故不畜。"王右军曰:"老年赖丝竹陶写,恒恐儿辈觉。"②曰"解",曰"觉",古人用字深确。盖声音之道入人最微,一解则自不能已,一觉则自不能禁也。

我家声伎,前世无之,自大父③于万历年间与范长白、邹愚公、黄贞父、包涵所诸先生讲究此道,遂破天荒为之。有"可餐班",以张彩、王可餐、何闰、张福寿名;次则"武陵班",以何韵士、傅吉甫、夏清之名;再次则"梯仙班",以高眉生、李岕生、马蓝生名;再次则"吴郡班",以王畹生、夏汝开④、杨啸生名;再次则"苏小小班",以马小卿、潘小妃名;再次则平子"茂苑班",以李含香、顾岕竹、应楚烟、杨騄駬⑤名。

主人解事日精一日,而傒童技艺亦愈出愈奇。余历年半百,小傒自小而老、老而复小、小而复老者,凡五易之。无论"可餐""武陵"诸人,如三代法物⑥，不可复见；"梯仙""吴郡"间有存者，皆为佝偻老人；而"苏小小班"亦强半化为异物⑦矣；"茂苑班"则吾弟先去，而诸人再易其主。余则婆娑一老，以碧眼波斯⑧，尚能别其妍丑。山中人至海上归，种种海错皆在其眼，请共舐⑨之。

【注释】

①谢太傅：即谢安，字安石，东晋名臣。累迁太保，录尚书事，赠太傅。

②"王右军"三句：《世说新语》载："谢太傅语王右军曰：'中年伤于哀乐，与亲友别，辄作数日恶。'王曰：'年在桑榆，自然至此，正赖丝竹陶写，恒恐儿辈觉，损欣乐之趣。'"王右军，即王羲之，东晋书法家，曾任会稽内史，领右将军，人称"王右军"。

③大父：即作者祖父张汝霖。

④夏汝开：作者所养家班艺人，作者为其写有《祭义伶文》。

⑤騄駬（lù ěr）：原指周穆王八骏之一，这里用作人名。

⑥三代法物：夏商周时期的器物。

⑦化为异物：死去的委婉说法。

⑧碧眼波斯：波斯人，精于鉴别珠宝。波斯人眼睛为蓝色，故称碧眼波斯。

⑨舐：用舌舔物。这里指用鉴赏的眼光品味。

【赏读】

本文记叙了张家蓄养声伎的情况。声色繁华,过眼烟云,戏班换过一个又一个,主人也在一天天老去。不知不觉间,年华飞逝,稍一回顾,便觉物是人非,作者难免生出沧桑之叹。

虎丘中秋夜

虎丘^①八月半，土著流寓^②、士夫眷属、女乐声伎、曲中名妓戏婆、民间少妇好女、崽子孪童^③及游冶恶少、清客帮闲、傒僮走空^④之辈，无不鳞集。自生公台^⑤、千人石^⑥、鹤涧^⑦、剑池^⑧、申文定^⑨祠，下至试剑石^⑩、一二山门，皆铺毡，席地坐，登高望之，如雁落平沙，霞铺江上。

天暝月上，鼓吹百十处，大吹大擂，十番铙钹^⑪，渔阳掺挝^⑫，动地翻天，雷轰鼎沸，呼叫不闻。更定，鼓铙渐歇，丝管繁兴，杂以歌唱，皆"锦帆开""澄湖万顷"同场大曲^⑬，蹲踏和锣，丝竹肉声^⑭，不辨拍煞^⑮。更深，人渐散去，士夫眷属皆下船水嬉，席席征歌，人人献技，南北杂之，管弦迭奏，听者方辨句字，藻鉴随之。

二鼓人静，悉屏管弦，洞箫一缕，哀涩清绵，与肉相引，尚存三四，迭更为之。三鼓，月孤气肃，人皆寂阒，不杂蚊虻。一夫登场，高坐石上，不箫不拍，声出如丝,裂石穿云,串度抑扬,一字一刻。听者寻入针芥⑯,心血为枯,不敢击节,惟有点头。然此时雁比而坐者,犹存百十人焉。使非苏州,焉讨识者。

【注释】

①虎丘:山名,在苏州阊门外山塘街,相传吴王夫差葬其父阖闾于此,葬后三日,有白虎踞其上,故名虎丘。为名胜之地。

②土著:世代居住此地的人。流寓:因各种原因到他乡居住的人。

③崽子:男孩。娈童:以色相获宠的美貌男子。

④走空:骗子。

⑤生公台:即生公讲台,相传东晋高僧竺道生曾在此讲经说法,故名。

⑥千人石:又名千人坐,虎丘景区的一块巨石,可容纳千人,故名。

⑦鹤涧:在虎丘后山,唐代有位清远道士在此养鹤,故名。

⑧剑池:在千人石北崖壁下,窄如剑形。据说吴王阖闾死后葬于此,并以鱼肠剑等宝剑殉葬,故名。

⑨申文定:申时行,字汝默,谥文定。长洲(今江苏苏州)人。明嘉靖进士,官至内阁首辅。

⑩试剑石:位于虎丘上山路上的一块巨石,中间有道裂

缝,据说吴王曾在此试剑。

⑪十番铙钹:亦称十番锣鼓,民间器乐,以吹打乐器为主。

⑫渔阳掺挝:鼓曲名。

⑬"锦帆开""澄湖万顷":传奇《浣纱记》第十四出《打围》中《普天乐》曲有"锦帆开,牙樯动",第三十出《采莲》中《念奴娇序》曲有"澄湖万顷,见花攒锦绣,平铺十里红妆。"同场大曲:多人一起合唱的曲子。

⑭丝竹肉声:弦乐、管乐和歌唱之声。

⑮拍煞:套曲的中段、结尾。这里泛指节拍、节奏。

⑯针芥:细微之处。

【赏读】

虎丘的中秋之夜是一场苏州地区的全民狂欢,这座城市的富足和繁华于此可见,各类人都可以在这里找到适合自己的娱乐方式。就笔者个人的喜好而言,三鼓之后的唱曲,更令人神往。

扬州清明

扬州清明，城中男女毕出，家家展墓①。虽家有数墓，日必展之。故轻车骏马，箫鼓画船，转折再三，不辞往复。监门小户亦携肴核纸钱，走至墓所，祭毕，席地饮胙②。自钞关、南门、古渡桥、天宁寺③、平山堂④一带，靓妆藻野，祓服缛川⑤。随有货郎，路旁摆设骨董古玩并小儿器具。博徒持小机坐空地，左右铺袒衫半臂⑥、纱裙汗帨、铜炉锡注、瓷瓯漆奁，及肩毳鲜鱼、秋梨福橘之属，呼朋引类，以钱掷地，谓之"跌成"⑦，或六或八或十，谓之"六成""八成""十成"焉。百十其处，人环观之。

是日，四方流离及徽商、西贾⑧、曲中名妓，一切好事之徒，无不咸集。长塘丰草，走马放鹰；高阜平冈，斗鸡蹴鞠；茂林清樾，劈阮弹筝。浪子相扑，童稚纸鸢，老僧因果，瞽者说书，立者林林，蹲者蛰蛰⑨。日暮霞生，车马纷沓。宦门淑秀，车幕尽开，婢媵倦归，山花斜插，臻臻簇簇，夺门而入。

余所见者，惟西湖春、秦淮夏、虎丘秋，差足比拟。然彼皆团簇一块，如画家横披⑩；此独鱼贯雁比，舒长且三十里焉，则画家之手卷矣。南宋张择端作《清明上河图》，追摹汴京景物，有西方美人⑪之思，而余目盱盱⑫，能无梦想？

【注释】

①展墓：省视坟墓，即扫墓。

②饮胙（zuò）：吃祭祀过后的食物。胙，祭祀用的肉食。

③天宁寺：在今江苏扬州城北。始建于东晋，相传原为谢安别墅，后由其子司空谢琰建立寺庙，取名谢司空寺。北宋政和年间易名为天宁寺。

④平山堂：今江苏扬州大明寺，包括平山堂、谷林堂、欧阳祠三部分。初建于宋庆历八年（1048），时欧阳修任扬州知州。由此远望，南面诸山，历历在目，与此堂平，故名。

⑤袨服缛川：黑色的礼服遍及河川、桥头。"缛"与上文"藻"均作动词用。

⑥衵（nì）衫：内衣，贴身衣服。半臂：短袖衣。

⑦跌成：古代的一种赌博游戏。

⑧西贾：晋商，山西商人。

⑨蛰蛰：人数很多的样子。《诗·周南·螽斯》："宜尔

子孙，蛰蛰兮。"

⑩横披：书画装裱的一种式样，竖短横长。

⑪西方美人：典出《诗经·简兮》"云谁之思？西方美人。彼美人兮，西方之人兮。"诗中以"西方美人"寄托对西周君王的怀念。作者用此典表达故国之思。

⑫盱盱（xū）：张目直视的样子。

【赏读】

张岱在其《史阙》的南宋卷曾这样评价张择端的《清明上河图》："张择端《清明上河图》，因南渡后想见汴京旧事，故摹写不遗余力。若在汴京，未必作此。乃知繁华富贵，过去便堪入画，当年正不足观。嗟乎，南渡后人但知临安富丽，又谁念故都风物。择端此图，即谓忠简《请回銮表》可也。"此文也当作如是观。

扬州瘦马①

扬州人日饮食于瘦马之身者,数十百人。娶妾者切勿露意,稍透消息,牙婆、驵侩②,咸集其门,如蝇附膻,撩扑不去。

黎明,即促之出门,媒人先到者先挟之去,其余尾其后,接踵伺之。至瘦马家,坐定,进茶,牙婆扶瘦马出,曰:"姑娘拜客。"下拜。曰:"姑娘往上走。"走。曰:"姑娘转身。"转身向明立,面出。曰:"姑娘借手睄睄③。"尽褪④其袂,手出、臂出、肤亦出。曰:"姑娘睄相公。"转眼偷觑,眼出。曰:"姑娘几岁了?"曰几岁,声出。曰:"姑娘再走走。"以手拉其裙,趾出。然看趾有法,凡出门裙幅先响者,必大;高系其裙,人未出而趾先出者,必小。曰:"姑娘请回。"一人进,一人又出。看一家必五六人,咸如之。

看中者,用金簪或钗一股插其鬓,曰"插带"。看不中,出钱数百文赏牙婆或赏其家侍婢,又去看。

牙婆倦，又有数牙婆踵伺之。一日二日至四五日，不倦亦不尽，然看至五六十人，白面红衫，千篇一律，如学字者，一字写至百至千，连此字亦不认得矣。心与目谋，毫无把柄，不得不聊且迁就，定其一人。

插带后，本家出一红单，上写彩缎若干，金花若干，财礼若干，布匹若干，用笔蘸墨，送客点阅。客批财礼及缎匹如其意，则肃客归。归未抵寓，而鼓乐盘担、红绿羊酒在其门久矣。不一刻而礼币糕果俱齐，鼓乐导之去。去未半里，而花轿花灯、擎燎火把、山人⑤傧相、纸烛供果牲醴之属，门前环侍。厨子挑一担至，则蔬果、肴馔汤点、花棚糖饼、桌围坐褥、酒壶杯箸、龙虎寿星、撒帐牵红⑥、小唱弦索之类，又毕备矣。不待复命，亦不待主人命，而花轿及亲送小轿一齐往迎，鼓乐灯燎，新人轿与亲送轿一时俱到矣。新人拜堂，亲送上席，小唱鼓吹，喧阗热闹。日未午而讨赏遽去，急往他家，又复如是。

【注释】

①瘦马：旧时扬州土豪地痞贱价售卖贫家童女，教以歌舞、琴棋、书画诸技艺，又以高价转卖给四方官绅、商贾做小妾，俗称"瘦马"。

②牙婆、驵侩：指介绍买卖瘦马的中间人，女的叫牙

婆，男的叫驵侩。

③睄（shào）：扫一眼，略看一看。

④褫（chǐ）：夺下，解下。

⑤山人：从事卜卦、算命等职业的人。此处指主持婚仪的礼赞者。

⑥撒帐牵红：旧时的一种婚俗。《东京梦华录》载："二家各出彩缎绾一同心，谓之牵红，男挂于笏，女搭于手，男倒行出，面皆相向。……妇女以金钱彩果撒掷，谓之撒帐。"

【赏读】

所谓瘦马就是那些经过训练、卖给达官富商做妾的年轻女子，之所以叫瘦马，是类如贩马者养瘦马为肥而高价卖出，故名。至今扬州人娶媳妇俗语仍称作娶马或娶马马。

在张岱笔下，扬州瘦马的生意相当红火，每天像流水线一样运转，成批的年轻女子像牲畜一样被销售出去。看过此文，很容易联想到上一卷的《二十四桥风月》。俗话说：扬州出美女，在其背后，是一部辛酸悲楚的血泪史。

绍兴灯景

绍兴灯景,为海内所夸者,无他,竹贱、灯贱、烛贱。贱,故家家可为之;贱,故家家以不能灯为耻。故自庄逵①以至穷檐曲巷,无不灯、无不棚者。棚以二竿竹搭过桥,中横一竹,挂雪灯一,灯球六。大街以百计,小巷以十计。从巷口回视巷内,复叠堆垛,鲜妍飘洒,亦足动人。

十字街搭木棚,挂大灯一,俗曰"呆灯",画《四书》《千家诗》故事,或写灯谜,环立猜射之。庵堂寺观,以木架作柱灯及门额,写"庆赏元宵""与民同乐"等字。佛前红纸荷花琉璃百盏,以佛图、灯带间之,熊熊煜煜。庙门前高台,鼓吹五夜,市廛如横街、轩亭、会稽县西桥,间里相约,故盛其灯。更于其地斗狮子灯,鼓吹弹唱,施放烟火,挤挤杂杂。小街曲巷有空地,则跳大头和尚,锣鼓声错,处处有人团簇看之。城中妇女多相率步行,往闹处看灯;否则,大家小户杂坐门前,吃瓜子、糖豆,看往来士女,午夜方散。乡村夫妇多在白日进城，乔乔画画^②，东穿西走，曰"钻灯棚"，曰"走灯桥"。天晴，无日无之。

万历间，父叔辈于龙山放灯，称盛事，而年来有效之者。次年，朱相国家放灯塔山^③。再次年，放灯蕺山^④。蕺山以小户效颦，用竹棚，多挂纸魁星灯。有轻薄子作口号嘲之曰："蕺山灯景实堪夸，觳觫^⑤竿头挂夜叉。若问搭彩是何物？手巾脚布神袍纱。"由今思之，亦是不恶。

【注释】

①庄逵：庄与逵，俱指四通八达的道路。

②乔乔画画：打扮得花枝招展、漂漂亮亮的样子。

③朱相国：即朱赓，浙江山阴（今绍兴）人。累官吏部尚书、文华殿大学士，故称"相国"。塔山：又名怪山、龟山，在今浙江绍兴，与府山、蕺山鼎足而立。因山上有应天塔，故名。

④蕺（jí）山：又名王家山，在今浙江绍兴。蕺即蕺草，因山中多产此草，故名。

⑤觳觫（hú xiāo）：细竹。

【赏读】

张岱在其文章中多次写到绍兴的放灯,将其作为越中繁华的代表,本文展现了一幅生动活泼的风俗画卷。民俗节庆的吸引力正在于此,此为全民狂欢,富人有富人的玩法,穷人有穷人的乐趣,连僧人都可以参加进来。如此热闹、祥和的景象让人感到温暖,经历过国破家亡的不幸,也许只有这些回忆才能让作者继续活下去,完成自己的撰史事业。

西湖香市①

西湖香市,起于花朝②,尽于端午。山东③进香普陀者日至,嘉、湖④进香天竺者日至,至则与湖之人市焉,故曰香市。然进香之人市于三天竺,市于岳王坟,市于湖心亭,市于陆宣公祠⑤,无不市,而独凑集于昭庆寺⑥。昭庆两廊故无日不市者,三代八朝⑦之骨董,蛮夷闽貊⑧之珍异,皆集焉。

至香市,则殿中边甬道上下、池左右、山门内外,有屋则摊,无屋则厂,厂外又棚,棚外又摊,节节寸寸。凡胭脂簪珥、牙尺剪刀,以至经典木鱼、伢儿⑨嬉具之类,无不集。

此时春暖,桃柳明媚,鼓吹清和,岸无留船,寓无留客,肆无留酿。袁石公所谓"山色如娥,花光如颊,波纹如绫,温风如酒",已画出西湖三月。而此以香客杂来,光景又别。士女闲都,不胜其村妆野妇之乔画;芳兰芗泽,不胜其合香芫荽之薰蒸;丝竹管弦,不胜其摇鼓欲笙之聒帐⑩;鼎彝光怪,不胜其泥人竹马之行情；宋元名画，不胜其湖景佛图⑪之纸贵。如逃如逐，如奔如追，撩扑不开，牵挽不住。数百十万男男女女、老老少少，日簇拥于寺之前后左右者，凡四阅月方罢。恐大江以东，断无此二地矣。

崇祯庚辰⑫三月，昭庆寺火。是岁及辛巳、壬午浙饥⑬，民强半饿死。壬午虏鲵⑭山东，香客断绝，无有至者，市遂废。

辛巳夏，余在西湖，但见城中饿莩舁出，扛挽相属。时杭州刘太守梦谦⑮，汴梁人，乡里抽丰⑯者多寓西湖，日以民词⑰馈送。有轻薄子改古诗诮之曰："山不青山楼不楼，西湖歌舞一时休。暖风吹得死人臭，还把杭州送汴州。"⑱可作西湖实录。

【注释】

①香市：又叫庙市、庙会，一种民间习俗。寺庙在进香季节设立买卖香物和杂物等集市，故名。

②花朝：花朝节，又称花神节。民间传统节日，旧俗以农历二月初二或二月十五为花朝日。

③山东：这里指浙东一带。

④嘉、湖：嘉兴、湖州。

⑤陆宣公祠：唐名臣陆贽，谥忠宣公，西湖孤山山麓有其祠庙。

⑥昭庆寺：遗址在杭州西湖宝石山东，始建于五代后晋，后屡毁屡建。明万历中，太监孙隆以织造助建，规模宏丽，进香期间，集市很盛。

⑦三代八朝：泛指历史上各朝各代

⑧蛮夷闽貊（mò）：泛指少数民族。

⑨伢（yá）儿：吴语中对小孩子的称呼。

⑩聒（guō）帐：通宵宴饮、管弦齐奏的热闹景象。语出宋敏求《春明退朝录》："终日沉饮，听郑卫之声，与胡乐合奏，自昏彻旦，谓之聒帐。"

⑪佛图：即"浮图""浮屠"，佛寺或佛塔。

⑫崇祯庚辰：即崇祯十三年（1640）。

⑬辛巳、壬午：即崇祯十四年（1641）、十五年（1642）。洊（jiàn）饥：连年饥荒。

⑭虏：清兵。鲠：堵塞，隔绝。

⑮刘太守梦谦：刘梦谦，罗山（今河南罗山）人。崇祯七年（1634）进士，自崇祯十一年（1638）任杭州知府。

⑯抽丰：又称"秋风"，指利用各种关系和借口向别人索取财物。

⑰民词：百姓的诉状。

⑱"山不青山楼不楼"句：原诗歌为南宋林升《题临安邸》："山外青山楼外楼，西湖歌舞几时休？暖风熏得游人醉，直把杭州作汴州。"

【赏读】

极写西湖香市的繁华喧闹，反衬出日后衰落萧条的破败凄凉，鲜明的反差透出一种沧桑之感。一个城市的衰落显然不能仅仅归结为一场火灾或饥荒，作者最后有关刘太守的描写颇有深意，天灾固然可怕，人祸则更为致命。

西湖七月半①

西湖七月半,一无可看,止可看看七月半之人。看七月半之人,以五类看之。其一,楼船箫鼓,峨冠盛筵,灯火优傒②,声光相乱,名为看月而实不见月者,看之。其一,亦船亦楼,名娃闺秀,携及童娈,笑啼杂之,环坐露台,左右盼望,身在月下而实不看月者,看之。其一,亦船亦声歌,名妓闲僧,浅斟低唱,弱管轻丝,竹肉相发③,亦在月下,亦看月,而欲人看其看月者,看之。其一,不舟不车,不衫不帻④,酒醉饭饱,呼群三五,跻入人丛,昭庆、断桥,嚣呼⑤嘈杂,装假醉,唱无腔曲,月亦看,看月者亦看,不看月者亦看,而实无一看者,看之。其一,小船轻幌,净几暖炉,茶铛旋煮,素瓷静递,好友佳人,邀月同坐,或匿影树下,或逃嚣里湖,看月而人不见其看月之态,亦不作意看月者,看之。

杭人游湖,巳出酉归⑥,避月如仇。是夕好名,逐队争出,多犒门军酒钱。轿夫擎燎,列俟岸上。一入舟，速舟子急放断桥，赶入胜会。以故二鼓以前，人声鼓吹，如沸如撼，如魇如呓，如聋如哑，大船小船，一齐凑岸，一无所见，止见篙击篙，舟触舟，肩摩肩，面看面而已。少刻兴尽，官府席散，皂隶喝道去，轿夫叫船上人，怖以关门，灯笼火把如列星，一一簇拥而去。岸上人亦逐队赶门，渐稀渐薄，顷刻散尽矣。

吾辈始舣舟近岸，断桥石磴始凉，席其上，呼客纵饮。此时，月如镜新磨，山复整妆，湖复颒⑦面。向之浅斟低唱者出，匿影树下者亦出，吾辈往通声气，拉与同坐。韵友来，名妓至，杯箸安，竹肉发。月色苍凉，东方将白，客方散去。吾辈纵舟，酣睡于十里荷花之中，香气拍人，清梦甚惬。

【注释】

①七月半：农历七月十五日，俗称中元节，又名鬼节。杭州旧俗，人们于这天晚上倾城而出游西湖。

②优僎：歌妓、奴仆。

③竹肉相发：箫笛声伴着歌唱声。

④不衫不帻（zé）：不穿长衫，不戴头巾，指穿戴很随意的样子。

⑤嚣呼：大呼小叫，乱喊乱叫。

⑥巳：巳时，上午九点到十一点。酉：酉时，下午五点

到七点。

⑦颒（huì）：洗脸。这里指湖面清澈明净。

【赏读】

《西湖七月半》是一篇著名的游记散文。一方面，作者通过对杭州七月半游西湖盛况的描述，重现了当时的西湖风光和世风民俗，另一方面通过对各类游客看月情态的描摹刻画，嘲讽了达官显贵骄奢淫靡、虚伪庸俗的丑态和市井百姓赶凑热闹的俗气，标举了他自己作为文人雅士清高拔俗的精神情趣。

尾声余韵悠长。笙歌散尽游人尽去，西湖恢复了她的静谧之美，皎月当空，清辉如练，世界纤尘不染，其一种空灵晶映之气，沁人心脾。"月色苍凉，东方将白，客方散去。吾辈纵舟，酣睡于十里荷花之中，香气拍人，清梦甚惬"，与苏轼"相与枕藉乎舟中，不知东方之既白"境界有异曲同工之妙。

龙山①雪

天启六年②十二月,大雪深三尺许。晚霁,余登龙山,坐上城隍庙③山门,李岕生、高眉生、王畹生、马小卿、潘小妃侍④。万山载雪,明月薄⑤之,月不能光,雪皆呆白。坐久清冽,苍头送酒至,余勉强举大觥敌寒,酒气冉冉,积雪欲之,竟不得醉。马小卿唱曲,李岕生吹洞箫和之,声为寒威所慑,咽涩不得出。

三鼓归寝。马小卿、潘小妃相抱从百步街旋滚而下,直至山趾,浴雪而立。余坐一小羊头车⑥,拖冰凌而归。

【注释】

①龙山:即卧龙山,在浙江绍兴城中。

②天启六年:即1626年。

③城隍庙:在今浙江绍兴龙山山顶,为纪念唐越州总管庞玉而建。

④"李岕生"句:此五人为张氏所畜声伎,可参看本书

卷一《张氏声伎》。

⑤薄：逼近，迫近。

⑥羊头车：一种独轮小车。

【赏读】

张岱好雅兴，他对山水风物的观赏不限于某个时节、某个地点，而是随时随地发现身边的景致。这种生活是一种高度艺术化的生活，也可以说是把艺术生活化了。本文记载了张岱登龙山观雪景的往事：大雪三尺，登山，赏月饮酒，这是怎样的一个雅人儿？

庞公池[①]

庞公池岁不得船[②]，况夜船，况看月而船。自余读书山艇子[③]，辄留小舟于池中。月夜，夜夜出，缘城至北海坂，往返可五里，盘旋其中。山后人家，闭门高卧，不见灯火，悄悄冥冥，意颇凄恻。余设凉簟，卧舟中看月，小傒船头唱曲，醉梦相杂，声声渐远，月亦渐淡，嗒然睡去。歌终忽寤，含糊赞之，寻复鼾齁。小傒亦呵欠歪斜，互相枕藉。舟子回船到岸，篙啄丁丁，促起就寝。

此时胸中浩浩落落，并无芥蒂，一枕黑甜，高舂始起[④]，不晓世间何物谓之忧愁。

【注释】

①庞公池：又名王公池、西园，位于龙山西麓，在今绍兴城内。

②岁不得船：一年不能乘船去一次。

③山艇子：为一块方广三丈的大凹石，在绍兴卧龙山

上，嶽花阁以西。

④高舂（chōng）：日影西斜近黄昏时。古时候人们一般在傍晚时分舂第二天要用的米，所以就用高舂代替傍晚。按：依据文意，此处似当为太阳高升的意思。

【赏读】

这一篇追忆少年往事。"不晓世间何物谓之忧愁"，这也算是一种境界，至少没有为赋新词强说愁。人生在世，不如意者十常八九，快乐也许只能留在记忆中，假如时光倒流，让作者回到少年时代，他未必觉得快乐，这就是人生的悖论。

闰中秋

崇祯七年闰中秋①，仿虎丘故事②，会各友于蕺山亭③。每友携斗酒、五簋、十蔬果、红毡一床，席地鳞次坐。缘山七十余床，衰童塌妓④，无席无之。在席者七百余人，能歌者百余人，同声唱"澄湖万顷"⑤，声如潮涌，山为雷动。诸酒徒轰饮，酒行如泉。夜深客饥，借戒珠寺⑥斋僧大锅煮饭饭客，长年⑦以大桶担饭不继。

命小傒岕竹、楚烟于山亭演剧十余出，妙入情理，拥观者千人，无蚊虻声，四鼓⑧方散。月光泼地如水，人在月中，濯濯如新出浴。夜半，白云冉冉起脚下，前山俱失，香炉、鹅鼻、天柱⑨诸峰，仅露髻尖而已，米家山⑩雪景仿佛见之。

【注释】

①崇祯七年：1634年。闰中秋：崇祯七年闰八月，所以有闰中秋。

②虎丘故事：指苏州人中秋夜在虎丘赏月的习俗。

③蕺山亭：为旧时绍兴山阴、会稽两县的状元亭，凡考中状元者，将名字刻于亭柱。蕺山，在绍兴城内。传说越王勾践败于吴国后，曾在此采蕺草而食，故名。

④衰童塌妓：指长相不好看的娈童和年老色衰的妓女。

⑤"澄湖万顷"句：出自传奇《浣纱记》第三十出《采莲》之《念奴娇序》："澄湖万顷，见花攒锦绣，平铺十里红妆。夹岸风来宛转处，微度衣袂生凉。摇扬，百队兰舟，千群画桨，中流争放采莲舫。（合）惟愿取双双缱绻，长学鸳鸯。"

⑥戒珠寺：在今浙江绍兴西街。原为王羲之故宅，初名安昌寺，唐大中年间改称戒珠寺，现存墨池、山门、大殿和东厢房。

⑦长年：长工。

⑧四鼓：四更。

⑨鹅鼻：鹅鼻山，又名峨眉山、刻石山，在绍兴南。天柱：天柱山，又名宛委山、石匮山、玉笥山，在绍兴东南。

⑩米家山：宋代米芾、米友仁父子善画山水，自成一格，后人遂称其父子所作山水画为"米家山"或"米家山水"。

【赏读】

所谓闰中秋仿虎丘故事，其实不过是找个理由欢聚而已。七百多人一起聚会，饮酒、唱曲、赏月，乐在其中。作者先写喧闹，后写幽静，先写人，后写景，对比鲜明且又融为一体，当时越中一代民众的生活经作者生花妙笔写出，令人神往。

过剑门①

南曲中②妓,以串戏③为韵事,性命以之④。杨元、杨能、顾眉生、李十、董白以戏名,属姚简叔期⑤余观剧。偈僮下午唱《西楼》⑥,夜则自串。偈僮为兴化大班,余旧伶马小卿、陆子云在焉,加意唱七出,戏至更定,曲中大咤异。杨元走鬼房⑦问小卿曰:"今日戏,气色大异,何也?"小卿曰:"坐上坐者余主人。主人精赏鉴,延师课戏,童手指千⑧,偈僮到其家谓'过剑门',焉敢草草!"杨元始来物色余。《西楼》不及完,串《教子》。顾眉生:周羽,杨元:周娘子,杨能:周瑞隆。⑨杨元胆怯肤栗,不能出声,眼眼相觑,渠⑩欲讨好不能,余欲献媚不得,持久之,伺便喝采一二,杨元始放胆,戏亦遂发。

嗣后曲中戏,必以余为导师,余不至,虽夜分不开台也。以余而长声价,以余长声价之人而后长余声价者,多有之。

【注释】

①过剑门：剑门，即剑门关，在四川剑阁大剑山口，以险要著称。过剑门就是过险关，此处用来比喻考评严格，难以通过。

②南曲中：南京秦淮河一带的青楼、妓院。

③串戏：演戏。

④性命以之：用自己的性命去演戏，意思是演得十分认真、投入。

⑤属：通"嘱"。姚简叔：张岱的朋友。善画。期：邀约。

⑥西楼：即《西楼记》，作者为张岱好友袁于令，写书生于鹃与妓女穆素徽之间的爱情故事。

⑦鬼房：指后台。旧称戏台上下场为鬼门道，后台屋子为鬼房。

⑧童手指千：语出《汉书·货殖传》："牛千足，羊彘千双，童手指千。"此处指经张岱调教出来的伶童有很多。

⑨"串《教子》。……周瑞隆"句：以上出目及人物皆出自《教子记》，又名《寻亲记》，写秀才周羽悲欢离合事。周羽、周娘子、周瑞隆皆剧中人物。

⑩渠：其，他。

【赏读】

张岱喜爱并精通戏曲,能写剧本,更精于品鉴,从本文即可看出。其精深的造诣并非偶然,这一方面来自家庭的熏陶,父祖喜爱,养有戏班,另一方面则是他本人对此很是用心。据《绍兴府志·张岱传》记载:"岱累世通显,服食豪侈,畜梨园数部,日聚诸名士度曲征歌。"

蟹会

食品不加盐醋而五味全者,为蚶、为河蟹。河蟹至十月与稻粱俱肥,壳如盘大,坟起①,而紫螯巨如拳,小脚肉出,油油如蟪蛣②。掀其壳,膏腻堆积,如玉脂珀屑,团结不散,甘腴虽八珍不及。

一到十月,余与友人兄弟辈立蟹会,期③于午后至,煮蟹食之。人六只,恐冷腥,迭番煮之。从以肥腊鸭、牛乳酪。醉蚶如琥珀,以鸭汁煮白菜如玉版④。果蓏以谢橘、以风栗、以风菱。饮以玉壶冰⑤,蔬以兵坑笋⑥,饭以新余杭白⑦,漱以兰雪茶。由今思之,真如天厨仙供,酒醉饭饱,惭愧惭愧。

【注释】

①坟起:高高地鼓起。

②蟪蛣(yǐn yán):即蚰蜒,一种形似蜈蚣的昆虫。

③期:约定。

④玉版:竹笋的别名。

⑤玉壶冰：一种美酒，宋叶梦得《浣溪沙·送卢倅（cuì）》词有"荷叶荷花水底天。玉壶冰酒酿新泉"之句。

⑥兵坑笋：兵坑所产的笋。兵坑，绍兴府会稽县地名，以产笋闻名。

⑦余杭白：余杭所产的精米。《绍兴府志·物产志》："余杭白，粒圆而白，俗传种自余杭来。"

【赏读】

明代人喜欢结社，除了诗社，还有五花八门的社，本书就写了丝社、噱社等。吃个螃蟹，竟然还组织一个蟹社。吃蟹能吃到这种境界，也只能用"天厨仙供"一词来形容了。此文表现了张岱早年奢华精致的生活，以及他非同一般的品位。

西泠桥①

西泠桥,一名西陵,或曰即苏小小结同心②处也。及见方子公③诗有云:"'数声渔笛知何处,疑在西泠第一桥。'④陵作泠,苏小恐误。"余曰:"管不得,只西陵便好。且白公断桥诗⑤'柳色青藏苏小家',断桥去此不远,岂不可借作西泠故实耶!"

昔赵王孙孟坚子固⑥,常客武林,值菖蒲节⑦,周公谨⑧同好事者邀子固游西湖。酒酣,子固脱帽,以酒晞⑨发,箕踞歌《离骚》,旁若无人。薄暮入西泠桥,掠孤山,舣舟茂树间,指林麓最幽处,瞪目叫曰:"此真洪谷子⑩、董北苑⑪得意笔也。"邻舟数十,皆惊骇绝叹,以为真谪仙人。得山水之趣味者,东坡之后,复见此人。

【注释】

①西泠桥:在今浙江杭州西湖孤山西侧,连接北山与孤山。桥北即苏小小墓,墓上建有石亭,名"慕才亭"。

②苏小小：南齐钱塘名妓，有才学，传说曾与豪门公子阮郁相爱，早夭，葬于西湖。结同心：典出南朝徐陵《玉台新咏·钱塘苏小歌》："妾乘油壁车，郎骑青骢马。何处结同心？西陵松柏下。"

③方子公：方文僎，字子公，新安（今安徽歙县）人。明代文人。曾任袁宏道门客，帮其料理笔墨。

④"数声"二句：诗出元代张翥《西泠桥》："红藕花深逸兴饶，一双鸂鶒避鸣桡。晓风凉入桃花扇，腊酒香分椰子瓢。狂客醉欹明月上，美人歌断绿云消。数声渔笛知何处，疑在西泠第一桥。"

⑤断桥诗：白居易诗作，此诗多题作《杭州春望》，原诗如下："望海楼明照曙霞，护江堤白踏晴沙。涛声夜入伍员庙，柳色春藏苏小家。红袖织绫夸柿蒂，青旗沽酒趁梨花。谁开湖寺西南路，草绿裙腰一道斜。"。

⑥赵王孙孟坚子固：即赵孟坚，字子固，号彝斋居士，海盐（今浙江海盐）人。为宋太祖十一世孙，故有"王孙"之称。宝庆二年（1226）进士，宋亡后隐居不仕。

⑦菖蒲节：即端午节。菖蒲是一种多年生水生草本植物，民间习俗，端午节门前悬挂菖蒲、艾叶，故有此称。

⑧周公谨：即周密，字公谨，号草窗、四水潜夫。宋代文学家。祖籍山东，寓居吴兴（今浙江湖州）。曾任义乌县令等职，宋亡不仕。著有《武林旧事》等。

⑨晞（xī）：干，干燥。从句意来看，此处有洗、浇的

意思。

⑩洪谷子：即荆浩，字浩然，沁水（今山西沁水）人。因隐居于太行山洪谷，故自号"洪谷子"。五代时期画家，善山水画，与关仝并称"荆关"。

⑪董北苑：即董源，字叔达，钟陵（今江西进贤）人。五代南唐山水画家。善画山水。因曾任北苑副使，故称"董北苑"。

【赏读】

在张岱看来，流连西湖的文人墨客中，真正"得山水之趣味"的只有两个人，那就是苏轼、赵孟坚。怎样才是"得山水之趣味"呢？作者对赵孟坚的游历进行了传神的描绘。概括起来，有三点：一是要有发自内心的喜爱；二是要有领略风景的眼光，知道妙处何在；三是随性而为，与风景融为一体。

虎跑泉①

虎跑寺本名定慧寺，唐元和十四年性空②师所建，宪宗赐号曰广福院。大中八年改大慈寺，僖宗乾符三年加"定慧"二字，宋末毁。元大德七年重建，又毁。明正德十四年，宝掌禅师重建。嘉靖十九年又毁，二十四年，山西僧永果再造。今人皆以泉名其寺云。

先是，性空师为蒲坂卢氏子，得法于百丈海③，来游此山，乐其灵气郁盘，栖禅其中。苦于无水，意欲他徙，梦神人语曰："师毋患水，南岳④有童子泉，当遣二虎驱来。"翼日⑤，果见二虎跑地出泉，清香甘冽。大师遂留。

明洪武十一年，学士宋濂⑥朝京，道山下。主僧邀濂观泉，寺僧披衣同举梵咒，泉鬐沸⑦而出，空中雪舞。濂心异之，为作铭以记。城中好事者取以烹茶，日去千担。寺中有调水符⑧，取以为验。

【注释】

①虎跑泉：在今杭州西湖西南大慈山白鹤峰下慧禅院侧院内。

②元和十四年：即公元819年，元和为唐宪宗李纯年号。性空：俗姓卢，名寰中，字性空。蒲坂（今山西永济）人。早举甲科，后出家，唐僖宗追谥"性空大师"。

③百丈海：即怀海，长乐（今福建长乐）人。唐代高僧。因在百丈山传播佛法，故称其为"百丈怀海"。

④南岳：杭州西湖南岸的山。

⑤翼日：同"翌日"，次日，明日。

⑥宋濂：字景濂，号潜溪。浦江（今浙江浦江）人。明初著名文学家、政治家。官至翰林学士承旨知制诰。

⑦觱（bì）沸：泉水涌出的样子。

⑧调水符：取水的凭证。吴聿《观林诗话》："东坡爱玉女洞中水，既致两瓶，恐后复取而为使者见绐。因破竹为契，使寺僧藏其一，以为往来之信，戏谓之调水符。"张岱在《夜航船》中有解释："玉女洞：洞有飞泉，甘且冽。苏轼过此，汲两瓶去。恐后复取为从者所绐，乃破竹作券，使寺僧藏之，以为往来之信，戏曰'调水符'。"

【赏读】

二虎跑地出水的传说给虎跑泉增添了一层神秘色彩，

如此甘泉也必须有一段这样的传奇才显得超凡脱俗。虎跑泉泉水从大慈山断层陡壁的砂岩、石英砂中渗出，属于天然优质矿泉水，晶莹甘冽，为西湖诸泉之首，与龙井泉一起被称为"天下第三泉"。"龙井茶叶虎跑水"，人称西湖双绝。

醉白楼

杭州刺史白乐天①啸傲湖山时,有野客②赵羽者,湖楼最畅,乐天常过其家,痛饮竟日,绝不分官民体。羽得与乐天通往来,索其题楼。乐天即颜之曰"醉白"。在茅家埠③,今改吴庄。一松苍翠,飞带如虬,大有古色,真数百年物。当日白公,想定盘礴④其下。

【注释】

①白乐天:即白居易,字乐天。穆宗长庆二年(822),白居易出任杭州刺史。

②野客:山野之人。这里借指隐逸者。

③茅家埠:在今杭州西湖以西,东望杨公堤,西接龙井路。据周密《武林旧事》记载,旧时在此居住的多是茅姓人家,以采茶养蚕为生。

④盘礴:箕坐,随意舒展两腿而坐,不拘礼节。

【赏读】

"绝不分官民体",一句话点出白居易做官的特点,那就是放下官架子,与民同乐。本文写醉白楼的来历,写到白居易与隐士赵羽的故事,娓娓道来,饶有意趣。

梵天寺

梵天寺在山川坛①后，宋乾德四年，钱吴越王②建，名南塔。治平十年③，改梵天寺。元元统④中毁，明永乐十五年⑤重建。有石塔二、灵鳗井、金井。

先是，四明阿育王寺⑥有灵鳗井。武肃王⑦迎阿育王舍利归梵天寺奉之，凿井南廊，灵鳗忽见，僧赞有记。

东坡倅⑧杭时，寺僧守诠⑨住此。东坡过访，见其壁间诗有："落日寒蝉鸣，独归林下寺。柴扉夜未掩，片月随行履。惟闻犬吠声，又入青萝去。"东坡援笔和之曰："但闻烟外钟，不见烟中寺。幽人行未已，草露湿芒履。惟应山头月，夜夜照来去。"⑩清远幽深，其气味自合。

【注释】

①梵天寺：在今杭州凤凰山麓东南。山川坛：在今杭州包家山下，建于洪武年间。

②钱吴越王：即吴越国王钱俶，原名弘俶，字文德。临

安（今浙江杭州）人。乾祐元年（948）即吴越国王位。宋太平兴国三年（978）归宋，被封淮海国王。

③治平十年：治平为北宋英宗赵曙年号，宋英宗在位只有四年，此处疑误。

④元统：元顺帝年号。

⑤永乐十五年：即1417年。永乐为明成祖年号。

⑥四明：即四明山，在浙江省宁波市西南。阿育王寺：在今浙江宁波。东晋义熙元年（405）为保护舍利始建。梁武帝普通三年（522）兴建殿堂楼阁，并赐寺名阿育王寺。

⑦武肃王：即吴越武肃王钱镠。

⑧倅：副职。宋熙宁年间苏轼通判杭州，职位低于太守。

⑨守诠：宋时僧人，生平事迹不详。

⑩"东坡"六句：苏轼这篇诗作的题目是《梵天寺见僧守诠小诗清婉可爱次韵》。

【赏读】

又是吴越王时期始建的一座古刹，又是苏轼的一段风雅逸闻。可惜古刹在清咸丰年间被毁，如今只有两座南北相对的经幢保存下来，算是不幸中的万幸。寻访古迹，总算是有迹可循。

五云山[1]

五云山去城南二十里，冈阜深秀，林峦蔚起，高千丈，周回十五里。沿江自徐村进路，绕山盘曲而上，凡六里，有七十二湾，石磴千级。山中有伏虎亭[2]，梯以石城[3]，以便往来。至顶半，冈名月轮山，上有天井，大旱不竭。

东为大湾[4]，北为马鞍，西为云坞，南为高丽，又东为排山。五峰森列，驾轶云霞，俯视南北两峰，若锥朋立。长江带绕，西湖镜开，江上帆樯，小若鸥凫，出没烟波，真奇观也。

宋时，每岁腊[5]前，僧必捧雪表[6]进，黎明入城中，霰犹未集，盖其地高寒，见雪独早也。

山顶有真际寺[7]，供五福神[8]，贸易者必到神前借本，持其所挂楮镪[9]去，获利则加倍还之。借乞甚多，楮镪恒缺。即尊神放债，亦未免穷愁。为之掀髯一笑。

【注释】

①五云山：在杭州西南。处于钱塘江、西湖之间，相传山顶常有五色瑞云盘旋其上，故名。

②伏虎亭：宋初僧志逢以肉饲虎，虎辄驯伏，亭为此而建。

③石城（cè）：石阶，石级。

④大湾：与下文之马鞍、云坞、高丽、排山皆为峰名。

⑤岁腊：每年农历十二月初八举行祭祀祖先众神的腊祭。

⑥雪表：即贺雪表。据宋高似孙《纬略》记载："贺雪之礼起于唐……唐类表有贺雨雪表一卷，贺表亦始于此。"

⑦真际寺：建于五代后周时期，初名静虑庵，宋初改为今名。现存遗址。

⑧五福神：旧时民间将赵公明、招财、进宅、纳珍、利市合称为"五路财"或"五福神"。

⑨楮锵（chǔ qiǎng）：纸钱。

【赏读】

五云山距城稍远，自成一体，风景秀丽，且可远眺湖山，也是一处奇观。这里虽稍有些偏远，但并不冷清，不过，来的人不是为了欣赏风景，也不是为了寻访古迹，而是来到山顶的庙里借钱。末句"尊神放债，亦未免穷愁"之调侃，可令人莞尔。

胜果寺①

胜果寺，唐乾宁②间，无着禅师建。其地松径盘纡，涧淙潺潺③。罗刹石在其前，凤凰山列其后，江景之胜无过此。出南塔而上，即其地也。

宋熙宁④间，有寺僧清顺⑤住此。顺约介寡交，无大故不入城市。士夫有以米粟馈者，受不过数斗，盎贮几上，日取二三合啖之，蔬笋之供，恒缺乏也。

一日，东坡至胜果，见壁间有小诗云："竹暗不通日，泉声落如雨。春风自有期，桃李乱深坞。"问谁所作，或以清顺对。东坡即与接谈，声名顿起。

【注释】

①胜果寺：又名圣果寺、崇圣寺，在今杭州城南凤凰山。

②乾宁：唐昭宗李晔年号（894~898）。

③潺潺（zhuó）：水声。潺，象声词，形容水声或雨声。

④熙宁：宋神宗赵顼年号（1068~1077）。

⑤清顺:字怡然。钱塘(今浙江杭州)人。北宋诗僧。

【赏读】

　　胜果寺,可谓命运多舛。从吴越到宋代,胜果寺规模宏大,屡受皇家青睐,香火之盛非其他寺庙能比。元至正年间寺院被毁,明洪武年间重建。嘉靖年间倭寇入侵被焚,后由僧人正因重建。天启年间再次被毁圮,清初重建,乾隆曾题"江湖广览""澄观堂"两匾额。咸丰年间又被毁,后逐渐荒废,如今仅存废墟。

卷三 美景

园中有楼,倚窗南望,沙际水明,常见浴凫数百,出没波心,此景幽绝。

日月湖

宁波府①城内,近南门,有日月湖。日湖圆,略小,故日之②;月湖长,方广,故月之。二湖连络如环,中亘③一堤,小桥纽之。日湖有贺少监④祠。季真朝服拖绅,绝无黄冠气象。祠中勒唐玄宗饯行诗以荣之。季真乞鉴湖⑤归老,年八十余矣。其《回乡》诗曰:"幼小离家老大回,乡音无改鬓毛衰。儿孙相见不相识,笑问客从何处来?"八十归老,不为早矣,乃时人称为"急流勇退",今古传之。

季真曾谒一卖药王老,求冲举⑥之术,持一珠贻之。王老见卖饼者过,取珠易饼。季真口不敢言,甚懊惜之。王老曰:"悭吝未除,术何由得?"乃还其珠而去。则季真直一富贵利禄中人耳。《唐书》入之《隐逸传》,亦不伦甚矣。

月湖一泓汪洋,明瑟可爱,直抵南城。

城下密密植桃柳,四围湖岸,亦间植名花果木以萦带之。湖中栉比者,皆士夫园亭,台榭倾圮,而松石苍老。石上凌霄藤有斗大者，率百年以上物也。四明⑦缙绅，田宅及其子，园亭及其身。平泉木石⑧，多暮楚朝秦，故园亭亦聊且为之，如传舍廨署焉。屠赤水⑨娑罗馆亦仅存娑罗而已。所称"雪浪"等石，在某氏园久矣。清明日，二湖游船甚盛，但桥小，船不能大。城墙下趾稍广，桃柳烂漫，游人席地坐，亦饮亦歌，声存《西湖》一曲。

【注释】

①宁波府：今浙江宁波，明洪武十四年（1381）置。

②日之：以"日"来称呼它。

③亘：横贯。

④贺少监：即贺知章，字季真，越州永兴（今浙江杭州萧山区）人。唐代著名诗人。历官太常少卿、太子宾客、秘书监等。唐天宝初，请求回家乡会稽当道士，唐玄宗诏赐镜湖一角，并赐诗饯行。后终老于镜湖。

⑤鉴湖：又名镜湖、长湖，在浙江绍兴西南。

⑥冲举：飞升成仙。

⑦四明：浙江宁波的旧称，因境内有四明山而得名。

⑧平泉木石：唐朝李德裕在洛阳有别墅平泉庄，他在《平泉山居戒子孙记》中说："鬻吾平泉者，非吾子孙也。以平泉一树一石与人者，非佳士也。"然而，李德裕去世不久，其子即遭杀身之祸，他那些"平泉木石"终究难逃兵燹，亦

难逃流落的命运。

⑨屠赤水：即屠隆，字长卿，号赤水、鸿苞居士。鄞县（今浙江宁波鄞州区）人。晚明文学家、戏曲家。有《娑罗馆清言》传世。

【赏读】

这一篇写风景，也是写人。中间写贺知章求仙不成事，颇为耐人寻味。古往今来，能超然功名富贵者又有多少呢？作者写作此书时，如果不是国破家亡，他能看透这些吗？恐怕也难。

张岱在《越山五佚记》一文中也谈到"平泉木石"一事：

> 昔李文饶《平泉草木记》：以吾平泉一草一木与人者，非吾子孙也。文饶去不多时，而张全义与其孙延古争醒酒石，而致杀其身。平泉胜地，亦遂鞠为茂草，文饶所属之言，问之谁氏？故古人住宅，多舍为佛刹，如许玄度之能仁，王右军之戒珠，至今犹在。苏子瞻以吴道子四菩萨画板，舍僧惟简曰："若得此，何以守之？"答曰："吾盟于佛，而以鬼守之。"人苟爱惜平泉，亦当赠以此法。

李文饶，即李德裕。读此文可知张岱感慨之所在。

筠芝亭①

筠芝亭,浑朴一亭耳。然而亭之事尽,筠芝亭一山之事亦尽。吾家后此亭而亭者,不及筠芝亭;后此亭而楼者、阁者、斋者,亦不及。总之,多一楼,亭中多一楼之碍;多一墙,亭中多一墙之碍。

太仆公②造此亭成,亭之外更不增一椽一瓦,亭之内亦不设一槛一扉,此其意有在也。亭前后,太仆公手植树皆合抱,清樾轻岚,滃滃翳翳,如在秋水。亭前石台,猎取亭中之景物而先得之,升高眺远,眼界光明。敬亭诸山,箕踞麓下。溪壑萦回,水出松叶之上。台下右旋,曲磴三折,老松偻背而立,顶垂一干,倒下如小幢③,小枝盘郁,曲出辅之,旋盖如曲柄葆羽④。癸丑⑤以前,不垣不台,松意尤畅。

【注释】

①筠芝亭:张岱高祖张天复建,叔祖张懋之改建,在绍兴卧龙山下。

②太仆公：即张岱高祖张天复。张天复曾官至太仆寺卿，故称。

③幢（chuáng）：古代一种作仪仗用的以羽毛为饰的旗帜。

④葆羽：以鸟羽为饰物、供仪仗用的华盖。

⑤癸丑：万历四十一年（1613）。

【赏读】

繁华的好处，人人理解，简约的妙处，未必个个明白。只要营构得当，与周围环境融为一体，恰到好处，一亭足矣。

筠芝亭，张岱高祖在筠芝山所建。据祁彪佳《越中园亭记》记载："卧龙山之右巅，有城隍庙，即古蓬莱阁。折而下，孤松兀立，古木纷披，张懋之先生构亭曰筠芝，楼曰霞外。南眺越山，明秀独绝。亭之右为啸阁，以望落霞晚照，恍若置身天际，非复一丘一壑之胜已也。主人自叙其园，有内景十二、外景七、小景六，其犹子张宗子各咏一绝记之。"

燕子矶①

燕子矶,余三过之。水势浴溧②,舟人至此,捷捽③抒取,钩挽铁缆,蚁附而上。篷窗中见石骨棱层,撑拒水际,不喜而怖,不识岸上有如许境界。

戊寅④到京后,同吕吉士⑤出观音门,游燕子矶。方晓佛地仙都,当面蹉过之矣。登关王殿,吴头楚尾,是侯用武之地,灵爽赫赫,须眉戟起。缘山走矶上,坐亭子⑥,看江水澈洌⑦,舟下如箭。折而南,走观音阁,度索上之。阁旁僧院,有峭壁千寻⑧,碚礌⑨如铁,大枫数株,蓊以他树,森森冷绿,小楼痴对,便可十年面壁⑩。今僧寮佛阁,故故背之,其心何忍?

是年,余归浙,闵老子、王月生送至矶,饮石壁下。

【注释】

①燕子矶:在今南京城北直渎山,因石峰突出江上,三面临空,远望如燕子展翅欲飞,故名。名胜有头台洞、观音

洞、二台洞和三台洞等。

②沶漃（chì jí）：波浪翻腾的样子。

③捽（zuó）：揪住，抓住。

④戊寅：崇祯十一年（1638）。

⑤吕吉士：即吕福生，字吉士，绍兴人。复社成员，入清后曾任高淳知县。

⑥亭子：燕子矶上有俯江亭。

⑦潎洌（piē liè）：水流轻疾貌。

⑧寻：古代一种长度单位，八尺为一寻。

⑨碚礧（bèi lèi）：指巨石。

⑩面壁：谓坐禅修道。相传达摩祖师在嵩山少林寺面壁而坐九年。

【赏读】

本文以时间为线索，用简洁明快的笔墨再现了燕子矶一带的风景。

燕子矶被称为"万里长江第一矶"，附近有弘济寺、观音阁等建筑。至清初，"燕矶夕照"成为金陵四十八景之一。清初诗人施闰章有《燕子矶》诗曰："绝壁寒云外，孤亭落照间。六朝流水急，终古白鸥闲。树暗江城雨，天青吴楚山。矶头谁把钓？向夕未知还。"

焦山①

仲叔守瓜州②，余借住于园③，无事辄登金山寺④。风月清爽，二鼓，犹上妙高台⑤，长江之险，遂同沟浍。

一日，放舟焦山，山更纡谲可喜。江曲涡⑥山下，水望澄明，渊无潜甲⑦。海猪⑧、海马，投饭起食，驯扰若豢鱼⑨。看水晶殿，寻瘗鹤铭⑩，山无人杂，静若太古。回首瓜州，烟火城中，真如隔世。

饭饱睡足，新浴而出，走拜焦处士⑪祠。见其轩冕黼黻⑫，夫人列坐，陪臣四，女官四，羽葆云罕⑬，俨然王者。盖土人奉为土谷，以王礼祀之。是犹以杜十姨配伍髭须⑭，千古不能正其非也。处士有灵，不知走向何所？

【注释】

①焦山：又名浮玉山，在今江苏镇江东北长江中，与金山相对，因东汉隐士焦先居此而得名。

②仲叔：张联芳，字尔葆，号二酉。张岱的二叔。瓜洲：在今江苏扬州邗江区，与镇江隔江斜望，位于古运河下游与长江交汇处。

③于园：镇江的一所园林，在瓜州五里铺，富人于五所所建。

④金山寺：在今江苏镇江金山上。东晋时建造，原名泽心寺、龙游寺，自唐代以来人们多称其为金山寺。

⑤妙高台：金山最高处名为妙高峰，宋代僧人了元在此建台，名妙高台，成为金山名胜之一。

⑥曲涡（wō）：盘旋，回环。

⑦甲：泛指带有鳞甲的水生动物。

⑧海猪：此指海豚。

⑨驯扰：驯服，顺服。豢鱼：饲养的鱼。

⑩瘗（yì）鹤铭：南朝摩崖碑刻。原刻在焦山西麓崖石上，宋时受雷击崩落长江中，清康熙时移置山上，后砌入定慧寺壁间，今存残石，陈列于焦山碑林中。瘗，埋葬。瘗鹤铭，也就是葬鹤的铭文，在中国书法史上有着重要的地位。

⑪焦处士：即焦先，字孝然，东汉人。汉末天下大乱，他隐居山中，焦山即由此而得名。

⑫轩冕：卿大夫的轩车和冕服。黼黻（fǔ fú）：泛指古代礼服上所绣的精美花纹。

⑬羽葆：用鸟羽装饰的华盖，多指帝王仪仗。云罕：天子出行时为前导的绘有云纹的旌旗。

卷三 美景

⑭以杜十姨配伍髭须：典出宋俞琰《席上腐谈》："温州有土地杜十姨无夫，五撮须相公无妇。州人迎杜十姨以配五撮须，合为一庙。杜十姨为谁？乃杜拾遗也。五撮须为谁？乃伍子胥也。少陵有灵，必对子胥笑曰：'尔尚有相公之称，我乃为十姨，岂不雌我耶？'"

【赏读】

本文是张岱到瓜州看望二叔时所作，对焦山一带景致写得颇为真切、传神，这是靠道听途说无法做到的。虽然有看景不如听景之说，但很多名胜古迹非亲自观赏不能体会其佳处。

有趣的是，张岱每到一处，总喜欢对那些古迹、神庙进行考索，指出其牵强附会之处，文末用"杜十姨配伍髭须"的传说作比，令人啼笑皆非。

梅花书屋

陔萼楼①后老屋倾圮,余筑基四尺,造书屋一大间。旁广耳室如纱幮②,设卧榻。前后空地,后墙坛其趾,西瓜瓤大牡丹三株,花出墙上,岁满三百余朵。坛前西府③二树,花时积三尺香雪。前四壁稍高,对面砌石台,插太湖石④数峰。西溪梅骨古劲,滇茶数茎,妩媚其傍,梅根种西番莲,缠绕如缨络。窗外竹棚,密宝襄⑤盖之。阶下翠草深三尺,秋海棠疏疏杂入。前后明窗,宝襄、西府,渐作绿暗。余坐卧其中,非高流佳客,不得辄入。慕倪迂清閟⑥,又以"云林秘阁"名之。

【注释】

①陔(gāi)萼楼:张岱府邸楼名。

②耳室:堂屋两旁的小房间,如人之两耳,故名。纱幮(chú):纱帐。

③西府:指西府海棠,为海棠之一种。

④太湖石：园林中叠假山所用之石，因采自太湖，故名。

⑤宝襄：当为"宝相"，一种蔷薇花。多瓣，花朵大，色彩鲜艳。

⑥倪迂清閟：倪瓒，初名班，字元镇，号云林，别号幼霞生。性好洁而迂僻，人称倪迂。无锡（今江苏无锡）人。元代书画家，与黄公望、吴镇、王蒙并称"元四家"。家中建有清閟阁以收藏书画、古玩。清閟：也称清秘阁。《夜航船》介绍："清秘阁：倪云林所居，有清秘阁、云林堂。其清秘阁尤胜，前植碧梧，四周列以奇石，蓄古法书名画其中，客非佳流不得入。"

【赏读】

书房不在大，而在清幽。张岱因陋就简，在倒塌房屋的地基上另起炉灶，建了一间书屋，用各种草木遮掩映衬，面目焕然一新。坐卧其中，自得其乐，让人不禁想起唐人刘禹锡的《陋室铭》。

除本文外，作者还写有《云林秘阁》三首，其二云：

清閟倪迂在，云林浪得名。

鼎彝贡使拜，湲唾主人惊。

石卧苍霞老，蔓横空翠生。

琅嬛真福地，南面有书城。

岣嵝山房（二）①

岣嵝山房，逼山、逼溪、逼韬光路，故无径不梁，无屋不阁。门外苍松傲睨，蓊以杂木，冷绿万顷，人面俱失。石桥低磴，可坐十人。寺僧刳竹引泉，桥下交交牙牙，皆为竹节。

天启甲子②，余键户其中者七阅月③，耳饱溪声，目饱清樾。山上下，多西栗、边笋，甘芳无比。邻人以山房为市，蔬果、羽族④日致之，而独无鱼。乃潴溪为壑⑤，系⑥巨鱼数十头。有客至，辄取鱼给鲜。日晡，必步冷泉亭⑦、包园⑧、飞来峰⑨。

一日，缘溪走看佛像，口口骂杨髡⑩。见一波斯坐龙象，蛮女四五献花果，皆裸形，勒石志之，乃真伽像也。余椎落其首，并碎诸蛮女，置溺溲处以报之。寺僧以余为椎佛也，咄咄作怪事，及知为杨髡，皆欢喜赞叹。

【注释】

①岣嵝山房：在杭州灵隐韬光山下，明末李芨所建。张岱在《陶庵梦忆》《西湖梦寻》两书中各写了一篇《岣嵝山房》。此为出自《陶庵梦忆》者。岣嵝（gǒu lǒu），本指山巅，山房主人李芨以此为号。

②天启甲子：即天启四年（1624）。

③键户：闭门不出。键，门闩。七阅月：过了七个月。

④蓏（luǒ）果：瓜果。羽族：禽类。

⑤潴（zhū）溪为壑：拦溪蓄水，让它成为水坑。潴，蓄积。

⑥系：这里是放养的意思。

⑦冷泉亭：在飞来峰下，因下临冷泉而得名。

⑧包园：包涵所所建的园亭。

⑨飞来峰：又名灵鹫峰，在杭州西湖西北灵隐寺前。东晋僧人慧理云此山系中天竺国灵鹫山之小岭，不知何年飞来，故名。

⑩杨髡：杨琏真伽，元代僧人。曾任江南释教总统。大量盗挖宋代帝王、诸侯的寝陵。

【赏读】

张岱在本文中追忆了他在岣嵝山房的读书生活。天启年间，虽然魏忠贤当道，但是社会还未发生大动乱，张岱还过着宁静清闲的生活，他在这里口饱甘鲜，足遍湖畔名胜，逍遥自在。

在如此清幽静谧的环境中，有这样一座风格怪异的塑像，确实有些不协调，难怪作者要打坏，更何况杨髡劣迹斑斑，令人憎恨。

白洋①潮

故事②,三江③看潮,实无潮看。午后喧传曰:"今年暗涨潮。"岁岁如之。

戊寅④八月,吊朱恒岳⑤少师,至白洋,陈章侯、祁世培同席。海塘上呼看潮,余遄⑥往,章侯、世培踵至。立塘上,见潮头一线,从海宁而来,直奔塘上。稍近,则隐隐露白,如驱千百群小鹅,擘翼惊飞。渐近,喷沫溅花,蹴起如百万雪狮蔽江而下,怒雷鞭之,万首镞镞⑦,无敢后先。再近,则飓风逼之,势欲拍岸而上。看者辟易⑧,走避塘下。潮到塘,尽力一礴,水击射,溅起数丈,着面皆湿。旋卷而右,龟山⑨一挡,轰怒非常,炮碎龙湫,半空雪舞。看之惊眩,坐半日,颜始定。

先辈言:浙江潮头自龛、赭⑩两山漱激而起。白洋在两山外,潮头更大,何耶?

【注释】

①白洋：白洋镇，在今浙江绍兴西北。

②故事：旧俗，先例。

③三江：三江口，在绍兴西北，为钱清江、钱塘江、曹娥江交汇处。

④戊寅：即崇祯十一年（1638）。

⑤朱恒岳：即朱燮元，字懋和，号恒岳，浙江绍兴人。明万历进士，曾任兵部尚书，以功进少师。朱燮元去世后，张岱写有《祭少师朱恒岳公文》。

⑥遄：快速，迅速。

⑦镞镞（zú）：通"簇簇"，簇拥貌。

⑧辟易：退避，倒退。

⑨龟山：又名白洋山、乌凤山，在绍兴西北白洋附近。

⑩龛（kān）、赭（zhě）：龛山在今浙江杭州萧山，赭山在今浙江海宁。

【赏读】

本文写观潮，绘声绘色，极为生动，如在眼前。张岱另有《白洋看潮》诗，同样写得精彩，兹引如下：

潮来自海宁，水起风一抹。

摇曳数里长，但见天地阔。

阴阒闻龙腥，群狮蒙雪走。

鞭策迅雷中,万首敢先后?
钱镠劲弩围,山奔海亦立。
疾如划电驱,怒若暴雨急。
铁杵捣冰山,杵落碎成屑。
骤然光怪在,沐日复浴月。
劫火烧昆仑,银河水倾决。
观其冲激威,寰宇当覆灭。
用力扑海塘,势大难抵止。
寒栗不自持,海塘薄于纸。
一扑即回头,龟山挡其辙。
共工触不周,崩轰天柱折。
世上无女娲,谁补东南缺?
潮后吼赤泥,应是玄黄血。
从此上小亹,赭奁嘆两颊。
江神驾白螭,横扫峨嵋雪。

天镜园①

天镜园浴凫堂,高槐深竹,樾暗千层,坐对兰荡,一泓漾之,水木明瑟,鱼鸟藻荇,类若乘空。余读书其中,扑面临头,受用一绿,幽窗开卷,字俱碧鲜。

每岁春老,破塘②笋必道此。轻舠飞出,牙人③择顶大笋一株掷水面,呼园人曰:"捞笋!"鼓栧④飞去。园丁划小舟拾之,形如象牙,白如雪,嫩如花藕,甜如蔗霜。煮食之,无可名言,但有惭愧。

【注释】

①天镜园:张岱祖父张汝霖读书之所,据张岱《家传》记载,张汝霖在其妻子去世后,"乃尽遣姬侍,独居天镜园,拥书万卷,日事绀绎"。

②破塘:在绍兴西,以产笋而闻名。

③牙人:撮合买卖的中间人,这里指贩笋者。

④鼓栧(yì):摇动船桨。

【赏读】

天镜园为张岱家的一处园林，其祖父张汝霖晚年独居此园，拥书万卷，张岱也曾在此读书。

浴凫堂畔，高槐翳翳，篁竹森森，读书其间，享受着沁翠欲滴的欢愉。梦中，故园永远是青葱蒨丽，自己也依然是春风得意的翩翩少年，青春、自由、绮景，多么令人留恋的神仙日子。可惜，一切皆为往事。

祁彪佳《越中园亭记》对天镜园有颇为详细的描述："出南门里许为兰荡，水天一碧，游人乘小艇过之，得天镜园。园之胜以水，而不尽于水也，远山入座，奇石当门。为堂为亭，为台为沼，每转一境界，辄自有丘壑。斗胜簇奇，游人往往迷所入。其后五泄君新构南楼，尤为畅绝。越中诸园，推此为冠。"

湖心亭①看雪

崇祯五年②十二月，余住西湖。大雪三日，湖中人鸟声俱绝。是日更定③矣，余拏一小舟，拥毳衣④炉火，独往湖心亭看雪。雾凇沆砀⑤，天与云、与山、与水，上下一白。湖上影子，惟长堤一痕，湖心亭一点，与余舟一芥，舟中人两三粒而已。

到亭上，有两人铺毡对坐，一童子烧酒，炉正沸。见余大喜，曰："湖中焉得更有此人！"拉余同饮。余强饮三大白而别。问其姓氏，是金陵人，客此。及下船，舟子喃喃曰："莫说相公痴，更有痴似相公者。"

【注释】

①湖心亭：又名湖心寺，位于浙江杭州外西湖中央，小瀛洲北面。因在外西湖中央小岛上，故名。

②崇祯五年：即公元1632年。

③更定：初更开始，在晚上八时许。

④毳（cuì）衣：用动物皮毛做的衣服。

⑤雾凇：又名树挂，雾气凝结在树木枝叶上而形成的一种白色松散冰晶。沆砀（hàng dàng）：白气弥漫的样子。语出《汉书·礼乐志》："西颢沆砀，秋气肃杀。"

【赏读】

《湖心亭看雪》是历代小品中之翘楚，全文一百余字，笔墨精炼，堪称字字珠玑。

张岱去湖心亭看雪是在"崇祯五年十二月"，那时他正当壮年，而写作此文时则已经是陵谷变迁、家国沦丧之后了，因而全文弥漫着一种刻骨铭心、挥之不去的亡国之痛。"这是孤独者与孤独者的感通，孤独者与天地自然的感通……旷达与痴情共同酿成了纯美的意境。"（章培恒　骆玉明《中国文学史》）

湖心亭

湖心亭旧为湖心寺,湖中三塔,此其一也。明弘治①间,按察司佥事阴子淑秉宪甚厉②,寺僧怙镇守中官③,杜门不纳官长。阴廉其奸事④,毁之,并去其塔。嘉靖三十一年,太守孙孟寻遗迹,建亭其上。⑤露台亩许,周以石栏,湖山胜概,一览无遗。数年寻圮⑥。万历四年⑦,佥事徐廷裸⑧重建。

二十八年⑨,司礼监孙东瀛改为清喜阁⑩,金碧辉煌,规模壮丽,游人望之如海市蜃楼。烟云吞吐,恐滕王阁、岳阳楼俱无甚伟观也。春时山景,暖罗⑪、书画、骨董,盈砌盈阶,喧阗扰嚷,声息不辨。

夜月登此,阒寂凄凉,如入鲛宫海藏,月光晶沁,水气瀜之,人稀地僻,不可久留。

【注释】

①弘治:明孝宗朱祐樘年号(1488~1505)。
②按察司:又称提刑按察使司,主管司法事务。佥

（qiān）事：明代按察使下置佥事，以分领各道。阴子淑：字宗孟。明成化八年（1472）进士，曾任浙江按察使佥事。秉宪甚厉：执法很严格。

③怙：凭仗，依仗。中官：朝廷派驻外地监督地方官员的太监。

④廉：考察，查访。奸事：不法之事，不正当的事。

⑤"嘉靖"三句：明嘉靖三十一年（1552），杭州知府孙孟在西湖三塔中的北塔遗址建"振鹭亭"，后改名"清喜阁"，即现在的湖心亭。

⑥寻圮：很快倒塌。

⑦万历四年：即公元1576年。

⑧徐廷裸：字士敏，昆山（今江苏昆山）人。嘉靖年间进士，曾任浙江按察司佥事。

⑨二十八年：即万历二十八年，公元1600年。

⑩孙东瀛：即孙隆，字东瀛。明万历年间任司礼监太监，被派提督苏杭织造，兼理税务。因肆意搜刮激起苏州民变，几被杀，逃至杭州得免。清喜阁：张岱撰有《清喜阁柱对》："如月当空，偶似微云点河汉；在人为目，且将秋水剪瞳神。"

⑪睺（hóu）罗：即摩睺罗，亦作魔合罗、摩孩罗等，一种用土、木、蜡等制成的婴孩形玩具。

【赏读】

　　上一篇是写别致的湖心亭雪景，这一篇则是交代湖心亭的由来及演变。从湖心寺到湖心亭，与西湖其他名胜建筑一样，也是屡毁屡建，历经沧桑。春夏确实是到湖心亭游览的好时节，缺点是游人太多，喧闹错杂。在作者看来，除了雪天外，夜月游赏也是一个不错的选择，前提是要耐得住凄清和寂寞。

于园

于园在瓜州步①五里铺,富人于五所园也。非显者刺②,则门钥不得出。葆生叔同知瓜州③,携余往,主人处处款之。

园中无他奇,奇在磊石。前堂石坡高二丈,上植果子松数棵,缘坡植牡丹、芍药,人不得上,以实奇。后厅临大池,池中奇峰绝壑,陡上陡下,人走池底,仰视莲花,反在天上,以空奇。卧房槛外,一壑旋下,如螺蛳缠,以幽阴深邃奇。再后一水阁,长如艇子,跨小河,四围灌木鬈丛④,禽鸟啾唧,如深山茂林,坐其中,颓然⑤碧窈。瓜州诸园亭,俱以假山显,胎于石,娠于磊石之手,男女于琢磨搜剔之主人,至于园可无憾矣。

仪真汪园⑥,葊⑦石费至四五万,其所最加意者,为"飞来"一峰,阴翳泥泞,供人唾骂。余见其弃地下一白石,高一丈、阔二丈而痴,痴妙;一黑石,阔八尺、高丈五而瘦,瘦妙。得此二石足矣,省下二三万,收其子母⑧,以世守此二石何如?

【注释】

①步:同"埠",水边停船之处。

②显者:有名声、有地位的人。刺:名帖。

③葆生:张岱叔父张联芳,字尔葆。同知:副职,佐官。

④鬖丛:茂盛、丛生的样子。

⑤颓然:寂然,寂静。

⑥仪真:在今江苏扬州仪征。汪园:即寤园,又名荣园。明崇祯年间汪机所筑,为江北绝胜。

⑦輂(jú):这里用作动词,运输、运送的意思。

⑧子母:利息和本金。

【赏读】

园子里的石头以奇取胜,或以实奇,或以空奇,或以幽阴深邃奇。如此小的一处宅园,仅仅是石头,建造者就能变出这些花样来,真是巧手,连见多识广的张岱都赞不绝口,可以想见造园的水平有多高。

炉峰①月

炉峰绝顶,复岫回峦,斗耸②相乱,千丈岩陬牙横梧③,两石不相接者丈许,俯身下视,足震慑不得前。王文成少年曾趵④而过,人服其胆。余叔尔蕴⑤以毡裹体,绽⑥而下,余挟二樵子,从壑底掾而上⑦,可谓痴绝。

丁卯⑧四月,余读书天瓦庵⑨。午后同二三友人登绝顶,看落照。一友曰:"少需之,俟月出去。胜期难再得,纵遇虎,亦命也。且虎亦有道,夜则下山觅豚犬食耳,渠⑩上山亦看月耶?"语亦有理。四人踞坐金简石上。

是日,月政望⑪,日没月出,山中草木都发光怪,悄然生恐。月白路明,相与策杖而下。行未数武,半山嚾呼,乃余苍头同山僧七八人,持火燎、鞴刀、木棍,疑余辈遇虎失路,缘山叫喊耳。余接声应,奔而上,扶掖下之。

次日,山背有人言:"昨晚更定,有火燎数十把,大盗百余人,过张公岭,不知出何地?"吾辈匿笑不之语。谢灵运开山临㵼⑫,从者数百人,太守王琇惊骇⑬,谓是山贼,及知为灵运,乃安。吾辈是夜不以山贼缚献太守,亦幸矣。

【注释】

①炉峰:又名香炉峰,为浙江会稽山诸峰中最高,形似香炉,故名。

②斗耸:陡立,耸立。北魏郦道元《水经注·谷水》:"二壁争高,斗耸相乱。"斗,通"陡"。

③陬(zōu)牙横梧:犬牙交错的样子。

④王文成:即王守仁(1472~1529),字伯安,号阳明,谥文成,浙江余姚人。明中叶名臣。趵(bào):跳跃,奔突。

⑤尔蕴:张烨芳,字尔蕴,号七磐,是张岱叔父。

⑥缒(zhuì):系在绳子上放下去。

⑦搲(wā):牵挽,用手抓住物体。

⑧丁卯:天启七年(1627)。

⑨天瓦庵:天瓦山房,在香炉峰附近。祁彪佳《越中园亭记》:"在表胜庵下,背负绝壁,楼台在丹崖青嶂间。"

⑩渠(jù):通"讵",岂,难道。

⑪月政望:即"月正望",月圆之日。每月十五为望。

⑫㵼(xiè):靠近陆地的海湾。

⑬骇(hài):同"骇",吃惊,害怕。

【赏读】

　　张岱登山观景也是够拼命的,自然他看到的也是别人不容易看到的风景。王安石在《游褒禅山记》一文中曾说过:"夫夷以近,则游者众;险以远,则至者少。而世之奇伟瑰怪非常之观,常在于险远,而人之所罕至焉。"

　　无人的地方有风景,张岱深得其中三昧。

烟雨楼①

嘉兴人开口烟雨楼,天下笑之,然烟雨楼故自佳。楼襟对莺泽湖②,浐浐蒙蒙,时带雨意,长芦高柳,能与湖为浅深。

湖多精舫,美人航之,载书画茶酒,与客期于烟雨楼。客至,则载之去,舣舟于烟波缥缈。态度幽闲,茗炉相对,意之所安,经旬不返。舟中有所需,则逸出宣公桥、甪里街③,果蓏蔬鲜,法膳琼苏④,咄嗟立办⑤,旋即归航。柳湾桃坞,痴迷伫想,若遇仙缘,洒然言别,不落姓氏。间有倩女离魂⑥,文君新寡⑦,亦效颦为之。淫靡之事,出以风韵,习俗之恶,愈出愈奇。

【注释】

①烟雨楼:在今浙江嘉兴南湖湖心岛上。五代时广陵郡王钱元璙建,楼名由诗人杜牧诗句"南朝四百八十寺,多少楼台烟雨中"而来。后屡经修葺。明嘉靖年间,嘉兴知府赵

瀛填南湖成湖心岛,在岛上依原貌重建烟雨楼。登楼远望,南湖一带秀美风光,尽收眼底。

②鸳泽湖:即鸳鸯湖,称南湖。在嘉兴城南三里。相传昔日湖中多鸳鸯,或云以其东南两湖相接如鸳鸯,故名。

③宣公桥:在嘉兴城东,相传为唐宰相陆贽所建。该桥今已不存。宣公,即陆贽,字敬舆,谥宣公。嘉兴(今浙江嘉兴)人。甪(lù)里街:原名甪里坊,在嘉兴城东门外。

④法膳:帝王所用膳食,这里泛指美味佳肴。琼苏:古美酒名,这里泛指美酒。

⑤呐嗟立办:马上就能办到。《世说新语》:"石崇为客作豆粥,呐嗟便办。"呐嗟,犹呼吸之间。

⑥倩女离魂:此处泛指妇女私奔。典出唐陈玄祐传奇《离魂记》:张倩娘与表兄王宙相爱,但父亲将其另许他人,倩娘魂魄离开躯体,与王宙终成眷属。元代郑光祖据此改编成杂剧《倩女离魂》。

⑦文君新寡:泛指年轻的寡妇,也有与人私奔之意。典出《史记·司马相如列传》:"是时卓王孙有女文君,新寡,好音。故相如缪与令相重,而以琴心挑之。……既罢,相如乃使人重赐文君侍者通殷勤。文君夜亡奔相如,相如乃与驰归成都。"

【赏读】

好一处清幽休闲之地,结果被弄成风月之所,难怪作者不满意。

祁豸佳曾称赞张岱"笔具化工",说其记游之文有"一种空灵晶映之气,寻其笔墨,又一无所有",本文正体现了这一特点。无论是写景还是记事,作者并没有着意描摹,寥寥几笔,跃然而出,字里行间,又带有空灵之气,令人回味无穷。

雷殿[1]

雷殿在龙山磨盘冈下,钱武肃王于此建蓬莱阁[2],有断碣在焉。殿前石台高爽,乔木萧疏。六月,月从南来,树不蔽月。余每浴后拉秦一生、石田上人[3]、平子辈坐台上,乘凉风,携肴核,饮香雪酒,剥鸡豆,啜乌龙井水,水凉冽激齿。下午着人投西瓜浸之,夜剖食,寒栗逼人,可雠[4]三伏。林中多鹊,闻人声辄惊起,磔磔[5]云霄间,半日不得下。

【注释】

①雷殿:雷公殿,在绍兴龙山磨盘冈下。

②钱武肃王:即钱镠(852~932),字具美,一作巨美,谥武肃。唐末节度使,后建立吴越国。蓬莱阁:在卧龙山上,因元稹"谪居犹得近蓬莱"句而得名。

③上人:对僧人的尊称。

④雠(chóu):应对,对付。

⑤磔磔(zhé):鸟叫声。此句仿苏轼《石钟山记》:

"而山上栖鹘，闻人声亦惊起，磔磔云霄间。"

【赏读】

钱武肃王的蓬莱阁竟然成为夏天乘凉的好去处，昔日的恢宏变成今日的清幽，时光使一切不可能成为可能。古今多少事，都可以在笑谈声中化解吗？在乘凉的台子下，可是沉睡着一个朝代。

明圣二湖①

自马臻开鉴湖②，而由汉及唐，得名最早。后至北宋，西湖起而夺之。人皆奔走西湖，而鉴湖之澹远，自不及西湖之冶艳矣。至于湘湖③则僻处萧然，舟车罕至，故韵士高人无有齿及之者。

余弟毅孺④常比西湖为美人，湘湖为隐士，鉴湖为神仙。余不谓然。余以湘湖为处子，眠娗⑤羞涩，犹及见其未嫁之时；而鉴湖为名门闺淑，可钦而不可狎；若西湖则为曲中名妓，声色俱丽，然倚门献笑，人人得而媟亵⑥之矣。人人得而媟亵，故人人得而艳羡；人人得而艳羡，故人人得而轻慢。在春夏则热闹之至，秋冬则冷落矣；在花朝则喧哄之至，月夕则星散矣；在晴明则萍聚之至，雨雪则寂寥矣。

故余尝谓："善读书，无过董遇三余⑦，而善游湖者，亦无过董遇三余。董遇曰：'冬者，岁之余也；夜者，日之余也；雨者，月之余也。'雪巘古梅，何逊烟堤高柳；夜月空明，何逊朝花绰约；雨色溕濛，何逊晴光潋滟。深情领略,是在解人。"

即湖上四贤⑧,余亦谓:"乐天⑨之旷达,固不若和靖⑩之静深;邺侯⑪之荒诞,自不若东坡⑫之灵敏也。"其余如贾似道⑬之豪奢,孙东瀛⑭之华赡,虽在西湖数十年,用钱数十万,其于西湖之性情、西湖之风味,实有未曾梦见者在也。世间措大,何得易言游湖。

【注释】

①明圣二湖:杭州西湖古时又称明圣湖。二湖,明圣湖分里湖和外湖。

②马臻:东汉前期的会稽太守,曾掘镜湖蓄水用于灌溉。鉴湖:即镜湖,在今绍兴西南。

③湘湖:在今杭州西,钱塘江南岸,与西湖一起被称为"姐妹湖"。

④毅孺:即张弘,字毅孺,作者族弟。

⑤眠娗(tiǎn):同"腼腆"。

⑥媟(xiè)亵:举止亲昵,不庄重。

⑦董遇:三国魏明帝时人,曾言读书以"三余"则不患无日。三余:典出《三国志》裴松之注引《魏略》:"或问三余之意,遇言:'冬者,岁之余;夜者,日之余;阴雨者,时之余也。'"

⑧湖上四贤:据作者《六贤祠》一文:"明正德三年,郡守杨孟瑛重浚西湖,立四贤祠,以祀李邺侯、白、苏、林

四人。"

⑨乐天:即白居易,字乐天。唐代诗人。曾任杭州刺史,疏浚西湖,筑堤引水,后人称其所筑之堤为"白堤"。

⑩和靖:即林逋,字君复,谥号和靖先生。宋代诗人。隐居孤山,以梅鹤为伴,人称"梅妻鹤子"。

⑪邺侯:即李泌,字长源。唐代政治家,代宗时任杭州刺史。官至宰相。曾被封邺县侯,世称"李邺侯"。

⑫东坡:即苏轼。曾两任杭州太守,浚湖筑堤,后人将长堤称为"苏堤"。

⑬贾似道:字师宪。南宋奸相,专权多年,后被贬官处死。

⑭孙东瀛:即孙隆,号东瀛。明万历年间司礼监太监,被派提督苏杭织造。曾修整西湖名胜。

【赏读】

这篇文章谈的是作者对西湖的整体印象,他不同意族弟张弘将西湖视作美人的比喻,认为西湖更像是"曲中名妓",虽然"声色俱丽,然倚门献笑"。

作者受董遇三余之事的启发,提出善于游湖也需要三余,能领略"雪巘古梅""夜月空明""雨色涳蒙"者才是真正的解人,像贾似道、孙隆等人,依仗权势,大兴土木,虽然在西湖花费重金,但永远也达不到这种境界,正如作者所说的,他们"于西湖之性情、西湖之风味,实有未曾梦见者在也"。

玉莲亭

白乐天守杭州①，政平讼简。贫民有犯法者，于西湖种树几株；富民有赎罪者，令于西湖开葑田②数亩。历任多年，湖葑尽拓，树木成荫。乐天每于此地，载妓看山，寻花问柳，居民设像祀之。亭临湖岸，多种青莲，以象公之洁白。

右折而北，为缆舟亭。楼船鳞集，高柳长堤，游人至此买舫入湖者，喧阗如市。

东去为玉凫园，湖水一角，僻处城阿，舟楫罕到。寓西湖者，欲避嚣杂，莫于此地为宜。园中有楼，倚窗南望，沙际水明，常见浴凫数百，出没波心，此景幽绝。

【注释】

①白乐天守杭州：长庆二年（822），时任中书舍人的白居易自请外任，为杭州刺史。

②葑（fēng）田：湖中葑菱积聚处，因年久腐化变为泥

土,水涸成田,是谓"葑田"。

【赏读】

白居易虽然是一介文人,但治理杭州还是很有办法的,让犯法的贫民到西湖种树,让富人到西湖开田赎罪,这样既起到惩治违法犯罪行为的作用,又开发建设了西湖,可谓为官一任,造福一方。他在杭州留下的除了风流佳话,还有造福子孙的政绩,玉莲亭如同一块纪念碑,是这段历史的见证。

紫云洞[①]

紫云洞在烟霞岭[②]右。其地怪石苍翠,劈空开裂,山顶层层,如厦屋天构[③]。贾似道命工疏剔建庵,刻大士[④]像于其上。双石相倚为门,清风时来,谽谺[⑤]透出,久坐使人寒栗。又有一坎突出洞中,蓄水澄洁,莫测其底。

洞下有懒云窝,四山围合,竹木掩映。结庵其中,名贤游览至此,每有遗世之思[⑥]。洞旁一壑幽深,昔人凿石,闻金鼓声而止,遂名"金鼓洞"。洞下有泉,曰"白沙"。好事者取以瀹茗[⑦],与虎跑[⑧]齐名。

【注释】

①紫云洞:在今杭州栖霞岭上,是一座天然岩洞,分前洞和后洞。洞底宽大如屋,洞内岩壁如削,洞壁呈紫色,在日光照射下如紫色云雾蒸腾,故名紫云洞。

②烟霞岭:在今杭州西湖南。

③厦屋天构:天然形成的高大房屋。

④大士:特指观世音菩萨。
⑤谽谺(hān xiā):山谷空阔貌。
⑥遗世之思:超脱尘世、避世隐居的想法。
⑦瀹(yuè)茗:即煮茶。
⑧虎跑:即虎跑泉,在今杭州西南大慈山下,有"天下第三泉"之称。

【赏读】

张岱的文字很有表现力,寥寥几笔,就将紫云洞的险峻清幽写得传神可感,读后不禁有飘然出世之感。

如今这里仍是纳凉避暑、喝茶消夏的好去处。洞边有法云寺、七宝泉,洞口刻有"紫云洞天"四个大字,洞内有二进,呈哑铃状,周围岩壁上有许多摩崖石刻,最深处有西方三圣佛龛。

冷泉亭①

冷泉亭在灵隐寺②山门之左。丹垣③绿树，翳映阴森。亭对峭壁，一泓泠然，凄清入耳。亭后西栗④十余株，大皆合抱，冷飔暗槭⑤，遍体清凉。秋初栗熟，大若樱桃，破苞食之，色如蜜珀，香若莲房。

天启甲子⑥，余读书岣嵝山房⑦，寺僧取作清供。余谓鸡头实⑧无其松脆、鲜胡桃⑨逊其甘芳也。夏月乘凉，移枕簟就亭中卧月，涧流淙淙，丝竹并作。张公亮⑩听此水声，吟林丹山诗："流出西湖载歌舞，回头不似在山时。"⑪言此水声带⑫金石，已先作歌舞声矣，不入西湖安入乎！

余尝谓住西湖之人，无人不带歌舞，无山不带歌舞，无水不带歌舞，脂粉纨绮，即村妇山僧，亦所不免。因忆眉公⑬之言曰："西湖有名山，无处士；有古刹，无高僧；有红粉，无佳人；有花朝，无月夕。"曹娥雪⑭亦有诗嘲之曰："烧鹅羊肉石灰汤，先到湖心次岳王。斜日未曛客未醉，齐抛明月进钱塘。"

余在西湖，多在湖船作寓，夜夜见湖上之月，而今又避嚣灵隐，夜坐冷泉亭，又夜夜对山间之月，何福消受？余故谓西湖幽赏，无过东坡，亦未免遇夜入城。而深山清寂，皓月空明，枕石漱流，卧醒花影，除林和靖、李峋嶁之外，亦不见有多人矣。即慧理⑮、宾王⑯，亦不许其同在卧次。

【注释】

①冷泉亭：在杭州西灵隐寺前、飞来峰下。《西湖游览志》卷十："唐刺史元䕫建，旧在水中，今依涧而立。冷泉二字乃白乐天所书，亭字乃苏子瞻续书，今亦亡矣。"白居易有《冷泉亭记》可参。

②灵隐寺：在今杭州西湖西灵隐山麓。东晋咸和元年（326）天竺僧慧理始建，后迭经兴衰，毁建多次。现存寺院为宣统二年（1910）重建。

③丹垣（yuán）：红色的矮墙。

④西栗：今称莎罗树，据说是慧理祖师从印度带来的树种，果实大小似胡桃，可入药。

⑤飔（sī）：凉风。樾（yuè）：树荫。

⑥天启甲子：即公元1624年,。

⑦峋嶁山房：明末李菱（号峋嶁）所筑，后成为张岱家一处园子，张岱曾在此处读书。

⑧鸡头实：即芡实，一种睡莲科植物的种子，可以

食用。

⑨胡桃：即核桃，一种落叶乔木的果实。

⑩张公亮：即张明弼，字公亮。明江苏金坛人。曾任揭阳县令、台州推官等。

⑪"吟林丹山"三句：林丹山即林稹，号丹山，长洲（今江苏苏州）人。南宋诗人。其《冷泉诗》全诗如下："一泓清可沁诗脾，冷暖年来只自知。流向西湖载歌舞，回头不似在山时。"

⑫带：围绕。

⑬眉公：即陈继儒，字仲醇，一字眉公，号麋公、眉道人，华亭（今上海松江区）人。明代文学家，以诗文书画知名。

⑭曹娥雪：即曹勋，字允大，号峨雪、莪雪，嘉善（今浙江嘉善）人。晚明文人。

⑮慧理：东晋时期印度僧人。咸和年间来到中国，史称"天竺僧"。

⑯宾王：即骆宾王，唐代文学家。

【赏读】

这篇文章写尽西湖的另一面，那就是清幽。西湖盛名在外，向来游人如织，似乎天生就伴随着喧闹嘈杂，正如作者所描述的，"无人不带歌舞，无山不带歌舞，无水不带歌舞"。如果仅有这一特性，相信作者对西湖也就不会有如此深的情感了。

西湖的妙处就在于雅俗共赏，包容性强，凡夫俗子可以沉浸于自己喜欢的繁华与喧嚣，文人雅士可以到人迹罕至之处，可以在夜间出游，也可以在风雪中泛舟，总能找到属于自己的风景，找到属于自己的清幽与宁静。

北高峰①

　　北高峰在灵隐寺后，石磴数百级，曲折三十六湾。上有华光庙②，以祀五圣③。山半有马明王④庙，春日祈蚕者咸往焉。峰顶浮屠⑤七级，唐天宝⑥中建，会昌⑦中毁，钱武肃王⑧修复之，宋咸淳七年⑨复毁。

　　此地群山屏绕，湖水镜涵，由上视下，歌舫渔舟，若鸥凫出没烟波，远而益微，仅觌⑩其影。西望罗刹江⑪，若匹练新濯，遥接海色，茫茫无际。张公亮⑫有句："江气白分海气合，吴山青尽越山来。"诗中有画。郡城正值江潮之间，委蛇曲折，左右映带，屋宇鳞次，竹木云蓊，郁郁葱葱，凤舞龙盘，真有王气蓬勃。

　　山麓有无着禅师⑬塔，师名文喜，唐肃宗⑭时人也，瘗骨于此。韩侂胄⑮取为葬地，启其塔，有陶龛焉。容色如生，发垂至肩，指爪盘屈绕身，舍利数百粒，三日不坏，竟荼毗⑯之。

【注释】

①北高峰：在今杭州城西，高与南高峰相对峙，构成"西湖十景"之一的"双峰插云"。

②华光庙：又名灵顺寺。始建于东晋。北宋初年，寺内供奉"五显财神"，民间称"财神庙"。明代因设殿别名"华光"，故称"华光庙"。

③五圣：即五显财神、五通神。旧时江南民间供奉的邪神，相传为南齐时期的柴姓五兄弟（柴显聪、柴显明、柴显正、柴显直、柴显德）。

④马明王：民间所祀蚕神，亦称马头娘。

⑤浮屠：亦作"浮图"，佛教语，指佛塔。

⑥天宝：唐玄宗李隆基年号（742~755）。

⑦会昌：唐武宗李炎年号（841~846）。

⑧钱武肃王：五代时期吴越国王钱镠，谥号武肃王。

⑨宋咸淳七年：即1271年，咸淳为宋度宗赵禥年号（1265~1274）。

⑩觌（dí）：看见。

⑪罗刹江：钱塘江的别名，因江中有罗刹石而得名。

⑫张公亮：即张明弼，字公亮，号琴牧，金坛（今江苏金坛）人。晚明文人。

⑬无着禅师：即文喜禅师，唐代僧人。七岁出家于常乐寺。钱镠称王后，赐其紫衣，署号"无着禅师"。

⑭唐肃宗：即李亨（711~762），玄宗第三子。公元756年~761年在位。

⑮韩侂（tuō）胄：字节夫，相州安阳（今河南安阳）人。南宋政治家，曾任枢密都承旨。力主北伐，后被朝廷杀害以乞和。

⑯荼（tú）毗：梵语音译。意为焚烧，指僧人死后将其尸体火化。

【赏读】

与西湖周围的名胜相比，北高峰的特色在开阔。登上峰顶，极目远望，湖光山色、草木城池，尽收眼底，正如作者所感叹的，"真有王气蓬勃"，在其他地方是无法获得这种感受的。

其实北高峰的海拔只有314米，在杭州周围的山峰中连前几名都排不上，但其山势与周围的地貌形成了这种视野开阔的独特景观。如今登临北高峰的游人依然很多，其中不少人是奔着山顶的财神庙去的，毕竟财富比风景更有吸引力。

南高峰[1]

南高峰在南北诸山之界,羊肠佶屈,松篁葱蒨,非芒鞋布袜,努策支筇[2],不可陟[3]也。

塔居峰顶,晋天福[4]间建,崇宁、乾道[5]两度重修。元季毁。旧七级,今存三级。塔中四望,则东瞰平芜,烟销日出,尽湖中之景。南俯大江,波涛洄洑[6],舟楫隐见杳霭间。西接岩窦[7],怪石翔舞,洞穴邃密。其侧有瑞应像,巧若鬼工。北瞩陵阜,陂陁[8]曼延。箭栝[9]丛出,薱麦[10]连云。山椒[11]巨石屹如峨冠者,名先照坛,相传道者镇魔处。

峰顶有钵盂潭、颍川泉,大旱不涸,大雨不盈。潭侧有白龙洞。

【注释】

①南高峰:在今杭州烟霞岭西北,与北高峰对峙。为西湖群山中南山的高峰之一。

②努策支筇(qióng):用力扶住竹杖。筇,竹制手杖。

③陟（zhì）：登。

④天福：后晋高祖石敬瑭年号（936～944）。

⑤崇宁：宋徽宗赵佶年号（1102～1106）。乾道：宋孝宗赵昚年号（1165～1173）。

⑥洑洑（fú）：水流湍急回转的样子。

⑦窦：洞穴。

⑧陂陀（pō tuó）：高低起伏的样子。

⑨箭栴：这里泛指竹木。

⑩麰（móu）麦：此处泛指麦类。

⑪山椒：山顶。

【赏读】

与西湖的妩媚秀丽不同，南高峰的特点在高耸险峻，与北高峰环抱西湖，形成"双峰插云"的景观，成为"西湖十景"之一。

历经岁月洗刷，这里渐趋冷清，山顶的七级石塔到作者撰写此文时，仅存三级，后来则更是荡然无存。还有一座荣国寺，也同样无迹可寻。因缘际遇，西湖周围名胜的归宿也各各不同。

青莲山房

青莲山房,为涵所包公①之别墅也。山房多修竹古梅,倚莲花峰②,跨曲涧,深岩峭壁,掩映林峦间。公有泉石之癖,日涉成趣。台榭之美,冠绝一时。外以石屑砌坛,柴根编户,富贵之中,又着草野。正如小李将军作丹青界画③,楼台细画,虽竹篱茅舍,无非金碧辉煌也。

曲房密室,皆储偫④美人,行其中者,至今犹有香艳。当时皆珠翠团簇,锦绣堆成。一室之中,宛转曲折,环绕盘旋,不能即出。主人于此精思巧构,大类迷楼⑤。而后人欲如包公之声伎满前,则亦两浙荐绅先生所绝无者也。今虽数易其主,而过其门者必曰"包氏北庄"。

【注释】

①涵所包公:即包应登,字涵所,钱塘(今浙江杭州)人。曾任福建提学副使。后归卧西湖。

②莲花峰：在杭州飞来峰西，其状如莲花，故名。

③小李将军：即李昭道，字希俊，唐代画家。其父李思训曾任武卫大将军，人称"大李将军"，故称李昭道为"小李将军"。父子皆善画金碧山水。画风工巧繁缛。界画：中国绘画画法之一。用界尺画线，绘成宫室、楼台、屋宇等。

④储偫（zhì）：储备。

⑤迷楼：位于扬州，相传为隋炀帝所建。其门户千百，房廊迂回。相传一入此楼，往往终日不得出，故名。

【赏读】

包涵所为张岱祖父张汝霖之友，两家多有交游，本文就写了包涵所的别墅青莲山房。

山房建于山林间，"台榭之美，冠绝一时""富贵之中，又着草野""虽竹篱茅舍，无非金碧辉煌"，设计上又宛若迷楼，展现了包涵所奢华精致的生活，称赞其在建筑艺术上的品位。

秦楼

秦楼初名水明楼,东坡建,常携朝云①至此游览。壁上有三诗②,为坡公手迹。过楼数百武③,为镜湖楼,白乐天建。宋时宦杭者,行春则集柳州亭④,竞渡则集玉莲亭,登高则集天然图画阁,看雪则集孤山寺,寻常宴客则集镜湖楼。兵燹之后,其楼已废,变为民居。

【注释】

①朝云:即王朝云,字子霞。钱塘(今浙江杭州)人。苏轼之妾。绍圣元年(1094)苏轼被贬惠州,朝云相随。

②三诗:即苏轼《水明楼》诗三首,兹录如下:"黑云翻墨未遮山,白雨跳珠乱入船。卷地风来忽吹散,望湖楼下水如天。""放生鱼鸟逐人来,无主荷花到处开。水浪能令山俯仰,风帆似与月裴回。""未成大隐成中隐,可得长闲胜暂闲。我本无家更焉往,故乡无此好湖山。"

③武:半步,泛指脚步。

④行春：踏青春游。柳州亭：南宋都城临安著名的大酒楼，地处涌金门外西湖岸边。旧名众乐亭，又名耸翠楼，北宋政和年间改名为丰乐楼，南宋时又称柳州亭。

【赏读】

苏轼为此楼起名"水明楼"是有讲究的。语出杜甫《月》诗："四更山吐月，残夜水明楼。"苏轼对这一诗句特别喜欢，曾以此为韵，作《江月》诗五首，并在序中写道："杜子美云：'四更山吐月，残夜水明楼。'此殆古今绝唱也。因其句以作五首，仍以'残夜水明楼'为韵。"

片石居

由昭庆缘湖而西,为餐秀阁,今名片石居。秘阁精庐,皆韵人别墅。其临湖一带,则酒楼茶馆,轩爽向湖,非惟心胸开涤,亦觉日月清朗。张谓"昼行不厌湖上山,夜坐不厌湖上月"[1],则尽之矣。

再去则桃花港,其上为石函桥,唐刺史李邺侯[2]所建,有水闸,泄湖水以入古荡。沿东西马塍[3]、羊角埂[4],至归锦桥[5],凡四汊[6]焉。白乐天记[7]云:"北有石函,南有笕[8],决湖水一寸,可溉田五十余顷。"闸下皆石骨磷磷,出水甚急。

【注释】

①张谓:字正言,河内(今河南沁阳)人,天宝二年(743)进士,官至礼部侍郎。唐代诗人。文中所引诗句出自其《湖上对酒行》。

②李邺侯:即李泌,字长源,京兆(今陕西西安)人。官至宰相,封邺侯。唐德宗时曾任杭州刺使。

③马塍（chéng）：在今浙江杭州马塍路一带。有东西马塍，以河分界。

④羊角埂：在杭州城外西湖溜水桥北，是东西马塍的界埂。

⑤归锦桥：俗称卖鱼桥，在今杭州拱墅区。相传此地为渔民卖鱼集散之地，故名。

⑥汦（pài）：支流。

⑦白乐天记：指白居易的《钱塘湖石记》。

⑧笕（jiǎn）：引水的细长竹管。

【赏读】

本文以片石居为中心，介绍了临湖一带的酒楼茶馆、桃花港、石函桥等景致，及桥下水分流情况。

文中征引了唐代诗人张谓《湖上对酒行》诗首联，全诗如下："夜坐不厌湖上月，昼行不厌湖上山。眼前一樽又长满，心中万事如等闲。主人有黍百余石，浊醪数斗应不惜。即今相对不尽欢，别后相思复何益。茱萸湾头归路赊，愿君且宿黄公家。风光若此人不醉，参差辜负东园花。"

十锦塘[①]

十锦塘，一名孙堤，在断桥下。司礼太监孙隆于万历十七年修筑[②]。堤阔二丈，遍植桃柳，一如苏堤[③]。岁月既多，树皆合抱。行其下者，枝叶扶苏，漏下月光，碎如残雪。意向言"断桥残雪"，或言月影也。

苏堤离城远，为清波孔道[④]，行旅甚稀；孙堤直达西泠，车马游人，往来如织，兼以两湖光艳，十里荷香，如入山阴道上，使人应接不暇。湖船小者，可入里湖，大者缘堤倚徙，由锦带桥循至望湖亭，亭在十锦塘之尽，渐近孤山，湖面宽厂。

孙东瀛修葺华丽，增筑露台，可风可月，兼可肆筵设席。笙歌剧戏，无日无之。今改作龙王堂，旁缀数楹，咽塞离披，旧景尽失。再去，则孙太监生祠，背山面湖，颇极壮丽。近为卢太监舍以供佛，改名卢舍庵，而以孙东瀛像置之佛龛之后。

孙太监以数十万金钱装塑西湖，其功不在苏学士之下，乃使其遗像不得一见湖光山色，幽囚面壁，见之大为鲠闷。

【注释】

①十锦塘：原为白堤。明万历年间，孙隆以沙石花草修治白堤，更名为十锦塘。

②孙隆：字东瀛。三河（今河北三河）人。明万历年间司礼监太监，被派提督苏杭织造。万历十七年：即公元1589年。

③苏堤：苏轼元祐四年（1089）知杭州时所筑。"苏堤春晚"为"西湖十景"之一。

④清波：即清波门，杭州西城门，南宋时建。孔道：大道，大路。

【赏读】

西湖诸名胜得自然之灵秀，天生丽质，那些文人雅士诗酒风流的趣闻轶事，又为美景增色不少，比如白居易、苏轼等，他们的名字已融入这片土地，成为景观的重要组成部分。

也有一些奸佞之辈，比如文中提到的司礼监太监孙隆，他利用权势，在江南疯狂敛财，激起民变，但与此同时，他也在西湖留下诸多痕迹，比如修建灵隐寺、湖心亭、三茅观等，到底该如何评价这一人物呢？对其"装塑西湖"之举，作者还是给予肯定的。

风篁岭①

风篁岭多苍筤篠荡②,风韵凄清。至此林壑深沉,迥出尘表。流淙活活③,自龙井④而下,四时不绝。

岭故丛薄荒密。元丰⑤中,僧辨才淬治洁楚⑥,名曰"风篁岭"。苏子瞻访辨才于龙井,送至岭上,左右惊曰:"远公过虎溪矣。⑦"辨才笑曰:"杜子⑧有云:与子成二老,来往亦风流。⑨"遂造亭岭上,名曰"过溪",亦曰"二老"。

子瞻记之,诗云:"日月转双毂,古今同一丘⑩。惟此鹤骨⑪老,凛然不知秋。去住两无碍,人土争挽留。去如龙出水,雷雨卷潭湫。来如珠还浦⑫,鱼鳖争骈头⑬。此生暂寄寓,常恐名实浮。我比陶令⑭愧,师为远公优。送我过虎溪,溪水当逆流。聊使此山人,永记二老游。"

【注释】

①风篁(huáng)岭:在今杭州西南钱塘门外,为西湖

群山南北两大支脉的交界点。岭高峻，多种竹，故名。

②苍筤（láng）篠荡（xiǎo dàng）：指各类竹子。苍筤，青竹。篠，小竹。荡，大竹。

③活活（guō guō）：水流的声音。

④龙井：原名龙泓，亦名龙泉，在风篁岭上，泉水出自山岩中，四时不绝，水味甘冽。以产龙井茶而闻名。

⑤元丰：宋神宗赵顼年号（1078~1085）。

⑥辨才：名元净，字无象，北宋高僧。与苏轼交好。淬治洁楚：整治得干净整齐。

⑦远公过虎溪：相传东晋慧远法师送客不过溪，过此，虎辄号鸣。《夜航船》中亦有提及："虎溪三笑：惠远禅师隐庐山，送客至虎溪即止。一日，送陶渊明、陆静修，与语道合，不觉过虎溪，因大笑。世传《三笑图》。"

⑧杜子：即杜甫，字子美。唐代著名诗人。

⑨"与子成"二句：语出杜甫《寄赞上人》诗。二老，尊称同时或异代齐名的两位长者，杜甫用以指自己与赞上人。

⑩古今同一丘：典出《汉书·杨恽传》："古与今如一丘之貉。"指古今相同。

⑪鹤骨：修道者的骨相。

⑫珠还浦：据《后汉书·循吏传》载，汉代合浦郡多产珠宝，原先郡守大肆搜刮，遂使珠宝移向别处。后孟尝为合浦太守，革除旧弊，珠宝复还。这里指辨才一度移居南屏，

后仍归龙井。

⑬骈头：浮出水面，露头。

⑭陶令：指陶渊明，因其曾任彭泽令，故称。

【赏读】

相比西湖的繁华喧闹，凤篁岭"林壑深沉"，较少人迹，显得有些凄清。不过这正是修行的好地方，苏轼造访辨才的轶事又为景色增加了几分雅趣。如今虎溪上的过溪亭仍保存完好，与凤篁岭一起入选"龙井八景"。

龙井

南山①上下有两龙井。上为老龙井②,一泓寒碧,清洌异常,弃之丛薄间,无有过而问之者。其地产茶,遂为两山③绝品。

再上为天门④,可通三竺⑤。南为九溪⑥,路通徐村,水出江干。其西为十八涧,路通月轮山⑦,水出六和塔⑧。

下龙井本名延恩衍庆寺⑨,唐乾祐二年⑩,居民募缘改造为报国看经院。宋熙宁⑪中,改寿圣院,东坡书额。绍兴三十一年⑫,改广福院。淳祐六年⑬,改龙井寺。

元丰二年⑭,辨才师自天竺归老于此,不复出,与苏子瞻、赵阅道友善。后人建三贤阁祀之,岁久寺圮⑮。万历二十三年⑯,司礼孙公⑰重修,构亭轩,筑桥,锹浴龙池⑱,创霖雨阁,焕然一新,游人骈集。

【注释】

①南山:杭州西湖西南诸山的统称。

②老龙井:《西湖游览志》载:"龙井之上,为老龙井。老龙井有水一泓,寒碧异常,泯泯丛薄间。"

③两山:南高峰、北高峰的合称。

④天门:即天门山,又称天竺山,俗称门槛岭,在北高峰右灵隐至郎当山之间。

⑤三竺:上天竺、中天竺、下天竺,为杭州灵隐山飞来峰东南三座山的合称。

⑥九溪:在今杭州西南,与十八涧合称"九溪十八涧",为杭州胜景之一。

⑦月轮山:在杭州城南钱塘江边,因形圆如月而得名。

⑧六和塔:在钱塘江边月轮山旁。

⑨延恩衍庆寺:即龙井寺,在今杭州西湖西面风篁岭上。

⑩乾祐二年:唐无此年号,当为后汉乾祐二年(949)。

⑪熙宁:宋神宗赵顼年号(1068~1077)。

⑫绍兴三十一年:即公元1161年,绍兴为宋高宗赵构年号(1131~1162)。

⑬淳祐六年:即公元1246年,淳祐为宋理宗赵昀年号(1241~1252)。

⑭元丰二年:即公元1079年,元丰为宋神宗赵顼年号(1078~1085)。

⑮圮(pǐ):毁坏,倒塌。

⑯万历二十三年:即公元1595年,万历为明神宗朱翊钧

年号（1573~1620）。

⑰司礼孙公：即孙东瀛，明万历年间任司礼监太监，被派提督苏杭织造。

⑱锹：挖。浴龙池：在崇光寺内，传宋高宗曾洗手于此，池水冬季不涸。

【赏读】

西湖有两处龙井，一处是上龙井，也就是老龙井，这里因产茶而名闻天下。本文重点讲的是另一处即下龙井，也就是龙井寺。下龙井的龙井泉与虎跑泉、玉泉并称西湖三大名泉，可惜知道的人并不多。新中国成立后龙井寺被废，原址另作他用。2005年，龙井寺按历史原貌修复，重新开放。

九溪十八涧[①]

九溪在烟霞岭西、龙井山南。其水屈曲洄环,九折而出,故称九溪。其地径路崎岖,草木蔚秀,人烟旷绝,幽阒静悄,别有天地,自非人间。溪下为十八涧,地故深邃,即缁流[②]非遗世绝俗者,不能久居。

按志,涧内有李岩寺[③]、宋阳和王[④]梅园、梅花径等迹,今都湮没无存。而地复辽远,僻处江干,老于西湖者,各名胜地寻讨无遗,问及九溪十八涧,皆茫然不能置对。

【注释】

①十八涧:在杭州龙井南鸡冠垅下,距西湖十余公里。起源于龙井,汇合众多细流而成涧,与九溪相连。

②缁流:指僧人。因其法衣多为缁(黑)色,故称。

③李岩寺:或当为"理安寺",音近而讹。在十八涧古浦泉院后,吴越王建,原名法雨寺,宋理宗时以祝国泰民安,改名理安寺。

④阳和王：当为杨和王，即杨存中。南宋初将领，屡有战功，官至殿前都指挥使，死后追封和王。

【赏读】

西湖的妙处在于它处处是风景，景观丰富，适合所有人。你喜欢热闹，尽可以在断桥、苏堤流连；你喜欢清静，同样可以找到驻足处，比如九溪十八涧。这里以清幽静谧的自然风光取胜，几处古迹在张岱写这篇文章时就已"湮没无存"，正如其所说的"别有天地，自非人间"。

西溪

粟山高六十二丈,周回十八里二百步。山下有石人岭,峭拔凝立,形如人状,双髻耸然。过岭为西溪,居民数百家,聚为村市。

相传宋南渡时,高宗初至武林,以其地丰厚,欲都之。后得凤凰山①,乃云:"西溪且留下②。"后人遂以名。

地甚幽僻,多古梅,梅格短小,屈曲槎枒,大似黄山松。好事者至其地,买得极小者,列之盆池,以作小景。其地有秋雪庵③,一片芦花,明月映之,白如积雪,大是奇景。

余谓西湖真江南锦绣之地,入其中者,目厌④绮丽,耳厌笙歌,欲寻深溪盘谷,可以避世如桃源、菊水⑤者,当以西溪为最。余友江道闇⑥有精舍在西溪,招余同隐。余以鹿鹿风尘,未能赴之,至今犹有遗恨。

【注释】

①凤凰山：在今杭州旧城南。

②西溪且留下：这句话的意思是，西溪建都之事以后再说，作为备选。

③秋雪庵：位于杭州西溪河渚湿地中心，为"西溪八景"之一。初建于宋淳熙初年，原名大圣庵，淳熙七年（1180）改名为资寿院，明崇祯七年（1634）在旧址上重新修建而成。此庵四周被溪水环绕，每到秋天芦苇如雪花一般，陈继儒便取唐人诗句"秋雪濛钓船"意境，名之为秋雪庵。

④厌：满足。

⑤菊水：即菊潭，在今河南内乡县，因其水出西北石涧山芳菊溪，故名。传说饮其水可长寿。

⑥江道闇（àn）：即江浩，字道闇。钱塘（今浙江杭州）人。明诸生，明亡出家为僧，法名济斐。

【赏读】

本文讲述了西溪的方位与命名典故，描写了西溪特有的古梅和秋雪庵的漫天芦花，展现出西溪的幽静绝尘之美。

张岱另有《秋雪庵》诗写西溪之景："古宅西溪天下闻，辋川诗是纪游文。庵前老荻飞秋雪，林外奇峰耸夏云。怪石棱层皆露骨，古梅结屈止留筋。溪山步步堪盘礴，植杖听泉到夕曛。"

火德庙①

　　火德祠在城隍庙右，内为道士精庐。北眺西泠，湖中胜概，尽作盆池小景。南北两峰如研山在案②，明圣二湖如水盂在几。窗棂门槸③凡见湖者，皆为一幅图画。小则斗方，长则单条，阔则横披，纵则手卷，移步换影。若遇韵人，自当解衣盘礴。画家所谓水墨丹青，淡描浓抹，无所不有。昔人言"一粒粟中藏世界，半升铛里煮山川"④，盖谓此也。

　　火居道士能为阳羡书生⑤，则六桥、三竺，皆是其鹅笼中物矣。

【注释】

　　①火德庙：即火德星君庙、火德祠，在吴山支脉金地山上。

　　②南北两峰：即南高峰、北高峰。研山：砚台的一种。利用山形之石，中凿为砚，砚附于山，故名。

　　③槸（niè）：门槛。

④"一粒"二句：系唐代道士吕洞宾诗句，《全唐诗》收录。

⑤火居道士：有家室的道士。阳羡书生：典出吴均《续齐谐记》：东晋阳羡许彦，路遇一书生，"卧路侧，云脚痛，求寄鹅笼中。彦以为戏言。书生便入笼，笼亦不更广，书生亦不更小，宛然与双鹅并坐，鹅亦不惊。彦负笼而去，都不觉重"。

【赏读】

火德庙在西湖周围的名胜中也许没有多大名气，但从这里看到的风景则是独一无二的，那就是居高临下，俯瞰湖光山色，"尽作盆池小景"。从每一个门、窗向外望去，都是一道别致的风景。有了这个角度，西湖之美才完整地呈现出来，既有美不胜收的近景，又有视野开阔的远景，可谓移步换景，步步皆景。

卷四 方物

风篁岭上有一片云石,高可丈许,青润玲珑,巧若镂刻。

天台①牡丹

天台多牡丹，大如拱把，其常也。某村中有鹅黄牡丹，一株三干，其大如小斗，植五圣祠前。枝叶离披，错出檐甍之上，三间满焉。花时数十朵，鹅子、黄鹂、松花、蒸栗，萼楼穰吐②，淋漓簇沓。土人③于其外搭棚演戏四五台，婆娑乐神。有侵花至漂发④者，立致奇祟⑤。土人戒勿犯，故花得蔽芾⑥而寿。

【注释】

①天台：即天台山，在今浙江天台县。

②穰吐：繁盛。

③土人：当地人。

④漂发：意为触动伤及毫发。

⑤祟：灾祸，灾难。

⑥蔽芾（fèi）：花木茂盛的样子。

【赏读】

《陶庵梦忆》《西湖梦寻》两书所写大多为作者平生经历的种种"繁华靡丽",而"过眼皆空"隐在文字背后,需要细细体会。仅就本篇内容而言,所写确实是稀见的牡丹品种,难怪大家看得如此神圣,还搭台演戏,挺当一回事。这样也好,无人敢犯,"花得蔽芾而寿"。

木犹龙

木龙出辽海①，为风涛漱击，形如巨浪跳蹴，遍体多着波纹，常开平王②得之辽东，辇至京。开平第③毁，谓木龙炭矣。及发瓦砾，见木龙埋入地数尺，火不及，惊异之，遂呼为龙。不知何缘出易④于市，先君子⑤以犀觥十七只售之，进鲁献王，误书"木龙"犯讳，峻辞之，遂留长史署中。先君子弃世，余载归，传为世宝。

丁丑诗社，恳名公人赐之名，并赋小言咏之。周墨农字以"木犹龙"，倪鸿宝字以"木寓龙"，祁世培字以"海槎"，王士美字以"槎浪"，张毅儒字以"陆槎"，诗遂盈帙。

木龙体肥痴，重千余斤，自辽之京、之兖、之济，由陆。济之杭，由水。杭之江、之萧山、之山阴、之余舍，水陆错。前后费至百金，所易价不与焉。呜呼，木龙可谓遇矣！

余磨其龙脑尺木⑥，勒铭志之，曰："夜壑风雷，骞槎⑦化石；海立山崩，烟云灭没；谓有龙焉，呼之或出。"又曰："扰龙张子，尺木书铭；何以似之？秋涛夏云。"

【注释】

①木龙：即木犹龙，一种化石。辽海：泛指辽河流域及其以东沿海地区。

②常开平王：即常遇春，为明开国功臣，死后追封开平王。

③第：府第，住宅。

④易：交换，卖。

⑤先君子：已去世的父亲，即作者的父亲张耀芳，字尔弢，号大涤。曾任鲁献王右长史。

⑥尺木：《夜航船》中有介绍："尺木：龙头上有一物，如博山形，名曰尺木。龙无尺木，不能升天。"

⑦骞槎：传说张骞奉武帝令出使大夏，寻河源时，所乘浮槎，称为骞槎。

【赏读】

张岱与这个木龙还真是有缘分，本来是常遇春家的宝物，后来应该进鲁王府，结果阴差阳错，从东北一路流落，直到摆放在绍兴张府，好在终于遇到识货的明主，也算是找到最好的归宿。

张岱另写有《木寓龙》一诗,诗序中说:"先君子有木寓龙,生于辽海,形如蹴浪,命岱赋之,因用东坡《木假山》诗韵。"可与本文参看。

奔云石

南屏^①石无出奔云右者。奔云得其情，未得其理。石如滇茶一朵，风雨落之，半入泥土，花瓣棱棱，三四层折。人走其中，如蝶入花心，无须不缀也。黄寓庸^②先生读书其中，四方弟子千余人，门如市。

余幼从大父访先生。先生面黧黑，多髭须，毛颊，河目海口，眉棱鼻梁，张口多笑。交际酬酢，八面应之。耳聆客言，目睹来牍，手书回札，口嘱傒奴，杂沓于前，未尝少错。客至，无贵贱，便肉、便饭食之，夜即与同榻。余一书记^③往，颇秽恶，先生寝食之不异也，余深服之。

丙寅至武林，亭榭倾圮，堂中奄先生遗蜕，不胜人琴之感^④。余见奔云黝润，色泽不减，谓客曰："愿假此一室，以石礴门，坐卧其下，可十年不出也。"客曰："有盗。"余曰："布衣褐被，身外长物则瓶粟与残书数本而已。王弇州^⑤不曰'盗亦有道也'哉？"

【注释】

①南屏：南屏山，在今杭州西湖南岸，因在杭州城南，如一扇屏障，故名。多产奇石，有南屏晚钟等名胜。

②黄寓庸：即黄汝亨，字贞父，号寓庸，仁和（今杭州）人。万历年进士，官至江西布政司参议。他是张岱祖父张汝霖的好友。

③书记：掌管文书的人。

④人琴之感：典出《世说新语·伤逝》："王子猷、子敬俱病，而子敬先亡。……子敬素好琴，（子猷）便径入坐灵床上，取子敬琴弹。弦既不调，掷地云：'子敬子敬，人琴俱亡。'因恸绝良久。月余亦卒。"后多用此典表达对亲友的哀悼、思念之情。

⑤王弇州：即王世贞，字元美，号凤洲，又号弇州山人。以诗文名于世，是明文坛后七子代表人物。

【赏读】

《西湖梦寻》中有《小蓬莱》一文也写到了奔云石："小蓬莱在雷峰塔右，宋内侍甘升园也。奇峰如云，古木蓊蔚，理宗常临幸。有御爱松，盖数百年物也。自古称为小蓬莱。石上有宋刻'青云岩'、'鳌峰'等字。今为黄贞父先生读书之地，改名'寓林'，题其石为'奔云'。"

张岱在写奔云石，更是在写人。旧地重游，石在人亡，那份失落和伤感挥之不去。

天砚

少年视砚，不得砚丑。徽州汪砚伯至，以古款废砚，立得重价，越中藏石俱尽。阅砚多，砚理出。曾托友人秦一生①为余觅石，遍城中无有。

山阴狱中大盗出一石，璞耳，索银二斤。余适往武林，一生造次②不能辨，持示燕客③。燕客指石中白眼曰："黄牙臭口④，堪留支桌。"赚⑤一生还盗。燕客夜以三十金攫去。命砚伯制一天砚，上五小星一大星，谱曰"五星拱月"。燕客恐一生见，铲去大、小三星，止留三小星。一生知之，大懊恨，向余言。余笑曰："犹子比儿。"⑥

亟往索看。燕客捧出，赤比马肝，酥润如玉，背隐白丝，类玛瑙，指螺细篆，面三星坟起如弩眼，着墨无声而墨沉烟起，一生痴癙⑦，口张而不能翕。

燕客属余铭，铭曰："女娲炼天，不分玉石；鳌血芦灰，烹霞铸日；星河溷扰，参横箕翕。"

【注释】

①秦一生：张岱好友，绍兴人。性好山水声伎、丝竹管弦。作者写有《祭秦一生文》。

②造次：仓促，匆忙。

③燕客：张萼，字介子，号燕客，张岱叔父张联芳之子。好山水园艺、古董技艺。

④黄牙臭口：砚的石眼以翠绿为上，黄赤为下。这里是说石头品质低劣。

⑤赚（zuàn）：哄骗。

⑥犹子比儿：语出《千字文》："诸姑伯叔，犹子比儿。"意思是侄子在姑姑、叔伯面前，和他们的儿子是一样的。作者引这句话，意在安慰秦一生，砚在燕客那里与在他手里一样，不必太计较。

⑦痴瘕（chì）：犹呆痴。

【赏读】

张岱的这位堂弟燕客倒也算是懂行，一眼就能看出璞玉的好坏，只是手段太不光明正大，占有欲太强。不过砚却是好砚，作者称之为天砚。作者后文还会多次提到这位纨绔子弟，这是一位典型的败家子，不把家财挥霍干净誓不罢休，也可以看作是江南靡丽生活的点缀。

孔庙桧①

己巳②，至曲阜，谒孔庙，买门者门以入。宫墙上有楼耸出，匾曰"梁山伯祝英台读书处"，骇异之。

进仪门，看孔子手植桧。桧历周、秦、汉、晋几千年，至晋怀帝永嘉三年而枯。枯三百有九年，子孙守之不毁，至隋恭帝义宁元年复生。生五十一年，至唐高宗乾封三年再枯。枯三百七十有四年，至宋仁宗康定元年再荣。至金宣宗贞祐三年罹于兵火，枝叶俱焚，仅存其干，高二丈有奇。后八十一年，元世祖三十一年再发。至洪武二十二年己巳，发数枝，蓊郁；后十余年又落。摩其干，滑泽坚润，纹皆左纽，扣之作金石声。孔氏子孙恒视其荣枯，以占世运焉。

再进一大亭，卧一碑，书"杏坛"二字，党英③笔也。亭界一桥，洙、泗水汇此。过桥，入大殿，殿壮丽，宣圣及四配、十哲俱塑像冕旒④。案上列铜鼎三、一牺、一象、一辟邪，款制遒古，浑身翡翠，以钉钉案上。阶下竖历代帝王碑记，独元碑高大，用风磨铜赑屃⑤，高丈余。左殿三楹，规模略小，为孔氏家庙。东西两壁，用小木匾书历代帝王祭文。西壁之隅，高皇帝⑥殿焉。

庙中凡明朝封号，俱置不用，总以见其大也。孔家人曰："天下只三家人家：我家与江西张、凤阳朱而已。江西张，道士气；凤阳朱，暴发人家，小家气。"

【注释】

①孔庙：在今山东曲阜。原为孔子故宅，后来，孔子被奉为圣人而不断得以加封，此地就建成庙宇来祭祀供奉。是我国现存三大古建筑群之一。桧（guì）：又称"刺柏"，一种常绿乔木，木材呈桃红色，有香气。

②己巳：即崇祯二年（1629）。

③党英：当即党怀英，金代文学家、书法家。曾官至翰林学士承旨。

④宣圣：汉平帝追谥孔子为褒成宣公，后历代王朝皆尊孔子为圣人，所以常称孔子为宣圣。四配：配祀孔子的四位儒门圣贤，即复圣颜子、宗圣曾子、述圣子思子、亚圣孟子。十哲：孔子门下最优秀的十位学生，即颜渊、闵子骞、冉伯牛、仲弓、宰我、子贡、冉有、季路、子游、子夏。

⑤赑屃（bì xì）：古代传说中的一种动物，外形像龟，能负重，旧时石碑基座多雕成其形。

⑥高皇帝：即朱元璋，明开国皇帝，谥高皇帝。

【赏读】

　　文章强调孔子手植桧在历代的传承，自有深意在。在他看来，这不仅是一次王朝的更迭，也是一场文化的浩劫。明王朝不过才二百多年的历史，而以孔子为代表的儒学则薪火不绝，传承了上千年，这更需要去捍卫。这也是当时文人的一种共识，顾炎武更是由此提出王国与王天下的区别，发出天下兴亡、匹夫有责的呼唤。

　　张岱曾写有《孔子手植桧》一诗，其中最后几句为："昔灵今不灵，顽钝逊冀英。岂下有虫蚁，乃来为窟穴。余欲驱除之，敢借击蛇笏。"其捍卫道统的志向与担当于此可见。

花石纲①遗石

越中无佳石。董文简②斋中一石,磊块正骨,窈咤③数孔,疏爽明易,不作灵谲波诡,朱勔④花石纲所遗,陆放翁家物也。文简竖之庭除,石后种剔牙松一株,辟呀⑤负剑,与石意相得。文简轩其北,名"独石轩",石之轩独之无异也。石篑先生⑥读书其中,勒铭志之。

大江以南,花石纲遗石,以吴门徐清之⑦家一石为石祖。石高丈五,朱勔移舟中,石盘沉太湖底,觅不得,遂不果行。后归乌程董氏,载至中流,船复覆。董氏⑧破资募善入水者取之。先得其盘,诧异之,又溺水取石,石亦旋起,时人比之延津剑⑨焉。后数十年,遂为徐氏⑩有。再传至清之,以三百金竖之。

石连底高二丈许,变幻百出,无可名状。大约如吴无奇⑪游黄山,见一怪石,辄瞋目⑫叫曰:"岂有此理!岂有此理!"

【注释】

①花石纲:北宋时为修建艮岳,宋徽宗在苏州设置应奉局,在江南搜罗花木奇石,经水路运至汴京。运石船十艘为一组,称作一纲,花石纲名称由此而来。

②董文简:即董玘,字文玉,浙江会稽人。官至吏部左侍郎。谥文简。

③窀咤(zhú zhà):原意为物体在穴中突出的样子,这里指洞穴。

④朱勔(miǎn):苏州人。宋徽宗时,朱勔为奉迎皇帝,搜求珍奇花石以献,劳民伤财。

⑤辟呀:交谈时侧首以防口气触及对方,此形容松石向背。

⑥石篑先生:即陶望龄,字周望,号石篑,会稽(今浙江绍兴)人。

⑦徐清之:即徐泰,字清之。苏州人,官至太仆寺少卿,苏州著名园林留园即为其所建。

⑧董氏:即董份,字用均,号南浔山人,乌程(今浙江湖州南浔)人。嘉靖进士。官至礼部尚书。其家族为吴兴望族。

⑨延津剑:指龙泉、太阿两剑。据《晋书》记载,雷焕得双剑,一曰龙泉,一曰太阿,他送张华一把,一把自佩。张华被诛,失剑所在。雷焕卒,其子持剑行经延平津,剑忽

于腰间跃出坠水,使人入水取之,不见剑,但见两龙各长数丈。

⑩徐氏:即徐清之的父亲,也是董份的女婿。官至太仆寺少卿。

⑪吴无奇:即吴士奇,字无奇,号恒初,安徽歙县人。官至太常寺卿,因忤魏忠贤致仕归。

⑫瞋(chēn)目:瞪大眼睛。

【赏读】

文中所写两处花石纲遗石,从北宋至明代,不断易主,好在都保存了下来。在观赏价值之外,这些石头也被赋予了丰富的文化内涵。

文中所言徐家所藏石祖,原放置在徐氏东园(今留园)内,并更名为瑞云峰。乾隆四十四年(1779),乾隆皇帝南巡,将其移到行宫(现苏州第十中学)内,今保存完好。因中学不允许外人随意出入,现在去看并不容易,笔者2018年5月曾有幸进入观赏一次。

兰雪茶

日铸①者,越王铸剑地也。茶味棱棱,有金石之气。欧阳永叔②曰:"两浙之茶,日铸第一。"王龟龄曰:"龙山瑞草,日铸雪芽。"③日铸名起此。京师茶客,有茶则至,意不在雪芽也,而雪芽利之,一如京茶式,不敢独异。

三峨叔知松萝焙法④,取瑞草试之,香扑冽。余曰:"瑞草固佳,汉武帝食露盘⑤,无补多欲;日铸茶薮,'牛虽瘠,偾于豚上'也。"⑥遂募歙人⑦入日铸。扚⑧法、掐法、挪法、撒法、扇法、炒法、焙法、藏法,一如松萝。他泉瀹之,香气不出,煮禊泉,投以小罐,则香太浓郁。杂入茉莉,再三较量,用敞口瓷瓯淡放之,候其冷;以旋滚汤冲泻之,色如竹箨方解,绿粉初匀;又如山窗初曙,透纸黎光。取清妃白,倾向素瓷,真如百茎素兰同雪涛并泻也。雪芽得其色矣,未得其气,余戏呼之"兰雪"。

四五年后,"兰雪茶"一哄如市焉。越之好事者不食松萝,止食兰雪。兰雪则食,以松萝而纂⑨兰雪者亦食,盖松萝贬声价俯就兰雪,从俗也。乃近日徽歙间松萝亦名兰雪,向以松萝名者,封面系换,则又奇矣。

【注释】

①日铸:即日铸岭,在今绍兴东南,以产茶著称。

②欧阳永叔:即欧阳修,字永叔,北宋文学家。其《归田录》云:"草茶盛于两浙,两浙之品,日注第一。"日注,即日铸。

③"王龟龄"三句:王龟龄即王十朋,字龟龄,号梅溪,南宋乐清(今属浙江)人。官至龙图阁学士。其《会稽风俗赋》曰:"日铸雪芽,卧龙瑞草。"

④三峨:即张炳芳,字尔含,号三峨,张岱的三叔。松萝:松萝茶,产于安徽休宁县松萝山。

⑤露盘:即承露盘,汉武帝设于建章宫,以承接雨露,由铜人捧立。

⑥"牛虽瘠"二句:语出《左传·昭公十三年》:"牛虽瘠,偾于豚上,其畏不死?"原意为牛即使瘦弱,倒在猪身上,也会把猪压死。这里指日铸茶相比于其他的茶具有绝对优势。

⑦歙(shè)人:安徽歙县人,这里特指歙县会焙松萝茶的技工。

⑧扐(lè):按,压。
⑨篡:原有聚集之意,此处指掺杂。

【赏读】

本文讲述了张岱焙制兰雪茶的过程。他招募擅长焙茶的安徽茶艺师来到绍兴,让他们用制作松萝茶的方法来焙制日铸茶,并试用各种泉水、各种贮藏器具等,最终创制出一种名贵香茶——兰雪茶。他对兰雪茶的描写更是让人赏心悦目,"竹箨方解""绿粉初匀""山窗初曙""透纸黎光""如百茎素兰同雪涛并泻",真可谓茶之知音。

朱文懿①家桂

桂以香山②名，然覆墓木耳，北邙③萧然，不堪久立。单醪河④钱氏二桂，老而秃。独朱文懿公宅后一桂⑤，干大如斗，枝叶觊觎⑥，樾荫亩许，下可坐客三四十席。不亭、不屋、不台、不栏、不砌，弃之篱落间。花时不许人入看，而主人亦禁足勿之往，听其自开自谢已耳。

樗栎⑦以不材终其天年，其得力全在弃也。百岁老人多出蓬户，子孙第厌其癃瘴⑧耳，何足称瑞。

【注释】

①朱文懿：即朱赓，字少钦，号金庭，浙江绍兴人。官至礼部侍郎。后卒于官，谥文懿。他是张岱祖父张汝霖的岳父。

②香山：在绍兴鹿池山东，相传是吴王种香处，下有采香径。

③北邙：在今河南洛阳，东汉、魏晋时期的王侯公卿多

葬于此，后泛指墓地。

④单醪河：又名投醪河、劳师泽，在绍兴城内。

⑤"独朱文懿公"一句：据祁彪佳《越中园亭记》载："秋水园，在朱文懿公居第后，凿池园中。……旁有桂树，大数围，荫一亩余。"

⑥覭髳（míng méng）：枝叶繁茂的样子。

⑦樗栎（chū lì）：无用之材。语出《庄子·逍遥游》："吾有大树，人谓之樗，其大本拥肿而不中绳墨，其小枝卷曲而不中规矩，立之涂，匠者不顾。"《庄子·人间世》："匠石之齐，至于曲辕，见栎社树……曰：'散木也，以为舟则沉，以为棺椁则速腐，以为器则速毁，以为门户则液樠，以为柱则蠹。是不材之木也，无所可用。'"

⑧癃疃（lóng zhǒng）：衰弱多病的样子。

【赏读】

本文既是写树，也是写人。得与失，用与废，远比我们想象的复杂，这篇文章写得颇有哲理，耐人深思。

雪精[1]

外祖陶兰风[2]先生,倅寿州[3],得白骡,蹄跲[4]都白,日行二百里,畜署中。寿州人病噎隔,辄取其尿疗之。凡告期,乞骡尿状常十数纸。外祖以木香沁其尿,诏百姓来取。后致仕归,捐馆[5],舅氏啬轩[6]解骖赠余。

余豢之十年许,实未尝具一日草料,日夜听其自出觅食,视其腹未尝不饱,然亦不晓其何从得饱也。天曙,必至门祗候,进厩候驱策,至午勿御,仍出觅食如故。后渐跋扈难御,见余则驯服不动,跨鞍去如箭,易人则咆哮蹄啮,百计鞭策之不应也。

一日,与风马[7]争道城上,失足堕濠堑死,余命葬之,谥之曰"雪精"。

【注释】

①雪精:神驴名。传说仙人洪崖炼丹成,跨神驴雪精从枫树升云。

②陶兰风：即陶允嘉，号兰风。山阴（今浙江绍兴）人。曾官通判。

③倅（cuì）：担任副职。寿州：今安徽寿县。

④蹄跲（jiá）：蹄趾。

⑤捐馆：旧时死亡的讳辞。

⑥啬轩：陶崇文，字乳周，号啬轩、啬轩道人。

⑦风马：散养、走失的马。

【赏读】

作者饲养这头白骡的方式很有意思，基本上是一种野化的放养，难怪到后来谁都驾驭不了。

宁了

大父母喜豢珍禽：舞鹤三对，白鹇一对，孔雀二对，吐绶鸡一只，白鹦鹉、鹩哥、绿鹦鹉十数架。

一异鸟名"宁了"，身小如鸽，黑翎如八哥，能作人语，绝不含糊。大母呼媵婢，辄应声曰："某丫头，太太叫！"有客至，叫曰："太太，客来了，看茶。"有一新娘子善睡，黎明辄呼曰："新娘子，天明了，起来罢。太太叫，快起来。"不起，辄骂曰："新娘子，臭淫妇，浪蹄子。"新娘子恨甚，置毒药杀之。

"宁了"疑即"秦吉了"[①]，蜀叙州[②]出，能人言。一日夷人买去，惊死，其灵异酷似之。

【注释】

①秦吉了：《夜航船》中有介绍："秦吉了：岭南灵鸟，一名'了哥'。形似鸽，黑色，两肩独黄，顶毛有缝，如人分发，耳聪心慧，舌巧能言。有夷人以数万钱买去，吉了曰：'我汉禽，不入胡地。'遂惊死。"

②叙州:明代设叙州府,治所在今四川宜宾。

【赏读】

这只"宁了"鸟确实够灵异的,这恰恰也是其取死之道,正所谓聪明反被聪明误。文章说的是鸟,人何尝不是这样?

值得注意的是,文章结尾"惊死",有版本作:"秦吉了曰:'我汉禽,不入夷地。'遂惊死。"结合作者在《夜航船》中对秦吉了的介绍来看,此当为原文,被王文浩评点本删去。区别在一作"不入胡地",一作"不入夷地",不管哪一个,在当时都是犯禁的。

樊江[1]陈氏橘

樊江陈氏辟地为果园,枸菊围之。自麦为䜺酱,自秫酿酒,酒香冽,色如淡金蜜珀,酒人称之。自果自蓏,以螫乳醴之为冥果[2]。

树谢橘百株,青不撷,酸不撷,不树上红不撷,不霜不撷,不连蒂剪不撷。故其所撷,橘皮宽而绽,色黄而深,瓤坚而脆,筋解而脱,味甜而鲜。第四门、陶堰、道墟以至塘栖,皆无其比。

余岁必亲至其园买橘,宁迟、宁贵、宁少。购得之,用黄砂缸藉以金城稻草或燥松毛收之。阅十日,草有润气,又更换之,可藏至三月尽,甘脆如新撷者。

枸菊城主人[3]橘百树,岁获绢百匹,不愧木奴[4]。

【注释】

①樊江:在今绍兴皋埠镇,相传为西汉名将樊哙故地。
②螫乳:蜂蜜。冥果:一种青果蜜饯。
③枸菊城主人:指陈氏。

④木奴：柑橘别称。三国吴人李衡为丹阳太守，于龙阳洲上种橘千树。临终，敕其子曰：'吾州里有千头木奴，不责汝衣食。岁上一匹绢，亦足用矣。'"

【赏读】

　　这位陈氏很会把握采摘的时机，不早不晚，等橘子达到最佳状态时，才十分小心地采下。说起来这也是个技术活，不能不讲究，否则大家的橘子都一样，张岱也就不会"宁迟、宁贵、宁少"也一定要买陈氏的橘子了。用现在的话说，陈氏很懂得特色经营这个道理，有智慧。

鲁府松棚

报国寺①松,蔓引觯委②,已入藤理。入其下者,蹒跚局蹐,气不得舒。鲁府旧邸二松,高丈五,上及檐甃,劲竿如蛇脊,屈曲撑距,意色酣怒,鳞爪拿攫,义不受制,鬣起针针,怒张如戟。旧府呼"松棚",故松之意态情理无不棚之。便殿三楹盘郁殆遍,暗不通天,密不通雨。

鲁宪王③晚年好道,尝取松肘一节,抱与同卧,久则滑泽酣酡,似有血气。

【注释】

①报国寺:在今北京市西城区,始建于辽代,后多次重修。

②觯(duǒ)委:盘曲下垂的样子。

③鲁宪王:即朱寿鋐,明宗室,藩国在山东兖州。张岱父亲曾任鲁藩长史。

【赏读】

鲁府松棚奇,这位鲁王更奇,不知道是练的哪门子功法,天天抱着一段松树睡觉,而且把人家松树睡得"滑泽酣酡",莫非想超度这棵松树?

一尺雪

一尺雪为芍药异种,余于兖州见之。花瓣纯白,无须萼,无檀心①,无星星红紫,洁如羊脂,细如鹤翮②,结楼吐舌,粉艳雪腴。上下四旁,方三尺,干小而弱,力不能支,蕊大如芙蓉,辄缚一小架扶之。大江以南,有其名无其种,有其种无其土,盖非兖勿易见之也。

兖州种芍药者如种麦,以邻以亩③。花时宴客,棚于路、彩于门、衣于壁、障于屏、缀于帘、簪于席、茵于阶者,毕用之,日费数千勿惜。余昔在兖,友人日剪数百朵送寓所,堆垛狼藉,真无法处之。

【注释】

①檀心:淡红色的花蕊。

②翮(hé):羽茎。

③以邻以亩:指种芍药的田地一块连一块。

【赏读】

"种芍药者如种麦",一语写尽当日兖州芍药的盛况。当地种芍药已经成为一种产业,这也算是特色种植吧。

菊海

兖州张氏期①余看菊,去城五里。余至其园,尽其所为园者而折旋之,又尽其所不尽为园者而周旋之,绝不见一菊,异之。移时,主人导至一苍莽空地,有苇厂②三间,肃余入,遍观之,不敢以菊言,真菊海也。厂三面,砌坛三层,以菊之高下高下之。花大如瓷瓯,无不球,无不甲,无不金银荷花瓣,色鲜艳,异凡本,而翠叶层层,无一早脱者。此是天道,是土力,是人工,缺一不可焉。

兖州缙绅家风气袭王府,赏菊之日,其桌、其炕、其灯、其炉、其盘、其盒、其盆盎、其肴器、其杯盘大觥、其壶、其帏、其褥、其酒、其面食、其衣服花样,无不菊者。夜烧烛照之,蒸蒸烘染,较日色更浮出数层。席散,撤苇帘以受繁露。

【注释】

①期:相约,约定。

②苇厂：用芦苇所搭的棚子。

【赏读】

本文以"菊海"为题，写出其多其盛其艳，极为贴切。与上一篇文章所描绘的"种芍药者如种麦"相映成趣，也许可以改变人们对齐鲁大地粗犷豪迈的印象，多了一些柔美的感觉。

齐景公墓花樽①

霞头沈佥事②宦游时，有发掘齐景公墓者，迹之，得铜豆③三，大花樽二。豆朴素无奇。花樽高三尺，束腰拱起，口方而敞，四面戟楞，花纹兽面，粗细得款，自是三代法物。归乾阳刘太公④，余见赏识之，太公取与严⑤，一介不敢请。及宦粤西，外母⑥归余斋头，余拂拭之，为发异光。取浸梅花，贮水，汗下如雨，逾刻始收，花谢结子，大如雀卵。

余藏之两年，太公归自粤西，稽覆之，余恐伤外母意，亟归之。后为驵侩所唋⑦，竟以百金售去，可惜。今闻在歙县某氏家庙。

【注释】

①齐景公：春秋时期齐国国君，其墓地在今山东淄博。樽（zūn）：古代一种盛酒的器皿。

②沈佥事：即沈錬，字纯甫，号青霞，会稽（今浙江绍兴）人。嘉靖十七年（1538）进士。

③豆:古代用来盛肉或其他食品的器皿,形状像高脚盘。

④乾阳刘太公:即刘毅,字健甫,号乾阳。山阴(今浙江绍兴)人。官至广西布政使。他是张岱妻子的祖父。

⑤取与严:严格控制拿取和给予,这里有吝啬的意思。

⑥外母:岳母,即张岱的岳母王氏。

⑦驵侩所唊:驵侩,市场经纪人。唊,利诱、引诱。

【赏读】

可惜了这对花樽,不仅仅是珍贵,而且很有文物价值,结果就这样流失出去,不知今在何处。不少文物就是这样失传的,还不如一直深埋地下。

品山堂鱼宕[①]

二十年前强半住众香国[②],日进城市,夜必出之。品山堂孤松箕踞[③],岸帻[④]入水。池广三亩,莲花起岸,莲房以百以千,鲜磊可喜。新雨过,收叶上荷珠煮酒,香扑烈。

门外鱼宕,横亘三百余亩,多种菱芡。小菱如姜芽,辄采食之,嫩如莲实,香似建兰,无味可匹。深秋,橘奴[⑤]饱霜,非个个红绽,不轻下剪。季冬观鱼,鱼艓千余艘,鳞次栉比,罱[⑥]者夹之,罛[⑦]者扣之,籍者罨之[⑧],罬[⑨]者撒之,罩者抑之,罜[⑩]者举之,水皆泥泛,浊如土浆。鱼入网者圉圉[⑪],漏网者唵唵[⑫],寸鲵[⑬]纤鳞,无不毕出。集舟分鱼,鱼税三百余斤,赤瞵[⑭]白肚,满载而归。约吾昆弟,烹鲜剧饮,竟日方散。

【注释】

①品山堂:在众香园内。鱼宕:鱼荡,用以养鱼的池塘或浅水湖。

②强半：大半，过半。众香国：为张岱父亲张耀芳所建园林。祁彪佳《越中园亭记》载："张长公大涤君开园中堰，以'品山'名其堂，盖千岩万壑至此俱披襟相对，恣我月旦耳。季真半曲，方干一岛，映带左右，鉴湖最胜处也。"

③箕踞：指坐时两脚伸直岔开，形似簸箕。

④岸帻：推起头巾，露出前额，洒脱、随意的样子，这里指松树的形态。

⑤橘奴：柑橘，橘子。

⑥罱（lǎn）：一种用来夹鱼的工具。

⑦罛（gū）：大渔网。

⑧簎（cè）：用叉刺鱼。罨（yǎn）：撒网捕鱼。

⑨翼（xuǎn）：渔网。

⑩罣（guà）：同"挂"。挂网捕鱼。

⑪圉圉（yǔ）：被困而不舒展。

⑫唵唵（yǎn yǎn）：张口呼吸貌。

⑬鲵（ní）：这里泛指鱼。

⑭䱜（yú）：鱼眼睛。

【赏读】

该文依然在怀旧，从二十年前讲起。一方水土养一方人，在作者的笔下，越中的一切都是那样富有诗情画意，都是那样富足繁华，言语之间，可见作者对故土之情深。

松化石①

松化石,大父舁自潇江署②中。石在江口神祠,土人割牲飨神,以毛血洒石上为恭敬,血渍毛毵③,几不见石。大父舁入署,亲自祓濯④,呼为"石丈",有《松化石纪》。今弃阶下,载花缸,不称使。余嫌其轮囷⑤臃肿,失松理,不若董文简家茁错二松橛,节理槎枒,皮断犹附,视此更胜。

大父石上磨崖,铭之曰:"尔昔鬣而鼓兮,松也;尔今脱而骨兮,石也;尔形可使代兮,贞勿易也。尔视余笑兮,莫余逆也。"其见宝如此。

【注释】

①松化石:在《夜航船》中有介绍:"松化石:松树至五百年,一夜风雷,化为石质,其树皮松节,毫忽不爽。唐道士马自然指延真观松,当化为石,一夕果化。"

②潇江署:永州的官署。潇江,即潇水,为湘江支流,源自湖南宁远南九嶷山,至零陵西北入湘水。零陵为永州

府治。

③鬖（sān）：毛发散乱的样子。

④祓濯（fú zhuó）：清除污垢。

⑤轮囷：硕大笨重。

【赏读】

  一件物品的价值主要取决于人的需要和态度。这块松化石在别人看来，不过就是一块普通的石头，但在张岱祖父的眼中，就是一件稀世珍宝，并且视作知己。可见人与物之间，也是需要缘分的。

楼船

家大人造楼,船之①;造船,楼之。故里中人谓船楼,谓楼船,颠倒之不置。是日落成,为七月十五,自大父以下,男女老稚靡不集焉。以木排数重搭台演戏,城中村落来观者,大小千余艘。午后飓风起,巨浪磅礴,大雨如注,楼船孤危,风逼之几覆,以木排为碱②索缆数千条,网网如织,风不能撼。少顷风定,完剧而散。

越中舟如蠡壳,局蹐③篷底看山,如矮人观场,仅见鞋靸④而已,升高视明,颇为山水吐气。

【注释】

①船之:建成船的形状。
②碱(dòng):木船上用来系缆绳的木桩。
③局蹐(jí):狭窄,局促。
④靸(sǎ):拖鞋。

【赏读】

  本书中有不少文章涉及张岱父祖兄弟间的逸闻趣事，由此可以勾勒出其家世情况。张氏家族是当地的望族，当年富足奢华的程度从这篇文章中所写的楼船可见一斑，好在张家是开明士绅，并不是闭门娱乐，与乡邻们还可以分享一下。

苏州白兔

崇祯戊寅①至苏州,见白兔,异之。及抵武林,金知县汝砺宦②福建,携白兔二十余只归。己卯、庚辰③,杭州遍城市皆白兔,越中生育至百至千,此兽妖也。

余少时不识烟草为何物,十年之内,老壮童稚妇人女子无不吃烟,大街小巷,尽摆烟桌,此草妖也。

妇人不知何故,一年之内都着对襟衫,戴昭君套,此服妖也。

庚辰冬底,燕客家琴砖十余块,结冰花如牡丹、芍药,花瓣枝叶如绣如绘,间有人物、鸟兽,奇形怪状,十余砖底面皆满。燕客迎余看,至三日不消,此冰妖也。燕客误认为祥瑞,作《冰花赋》,檄④友人作诗咏之。

【注释】

①崇祯戊寅:即崇祯十一年(1638)。

②汝砺：即金汝砺，浙江仁和人，崇祯七年（1634）进士，崇祯八年任福建海澄县知县。宦：做官。

③己卯：崇祯十二年（1639）。庚辰：崇祯十三年（1640）。

④檄：泛指信函，这里指寄信。

【赏读】

这篇文章意在说明，明亡之前已经有很多不祥之兆，并举了白兔、烟草、对襟衫、昭君套、琴砖几个典型的例子。对几百年之后的读者来说，这些征兆与国运之类实在扯不上边，倒是给我们提供了一些重要的社会史料。由此我们知道，原来我们今天司空见惯的白兔，当时竟然是稀有之物；烟草也是在那个时候刚传入江南乃至中国；对襟衫、昭君套的流行让我们见识了当时的时尚。至于琴砖，在今天看来，不过是一个简单的物理现象。古今对比，这是一个有趣的话题。

草妖

河北观察使袁茂林楷所记草妖尤异：崇祯七年[①]七月初一，孟县民孙光显祖墓有野葡萄，草蔓延长丈许。今夏，枝桠间忽抽新条，有似美人者，似达官者，有似龙、似凤、似麟、似龟、似雀、似鱼、似蝉、似蛇、似孔雀，有似鼠伏于枝者，有似鹦鹉栖于架者，架上有盏，盏中有粒，凤则苞羽具五彩，美人上下衣裳，裳白衣黄，面上依稀似粉黛，人间物象，种种具备。七月初八日，地方人始报闻，急使人取之，已为好事者撷尽，止得美人一、鹦鹉一、凤一，故述此三物尤悉。

余谓此草木之妖。适晤史云岫，言汉灵帝中平元年，东郡有草如鸠、雀、蛇、龙、鸟兽之状[②]。若然，则余所臆度者更可杞忧[③]。此异宜上闻，县令以萎草不耐，恐取观不便，遂寝[④]其事。特为记之如左。

【注释】

①崇祯七年：即公元1634年。

②"言汉"二句：史载汉灵帝中平元年（184），"郡国生异草，备龙蛇鸟兽之形"。是岁巨鹿人张角自称"黄天"，举事反汉。见《后汉书·孝灵帝纪》。

③杞（qǐ）忧：即"杞人忧天"，比喻不必要的忧虑。张岱在这里反用其意。

④寝：停止，平息。

【赏读】

这一篇也是谈亡国异兆。野葡萄能长成如此奇特的样子，也算是自然奇观了，只是不知道这里面添油加醋的成分有多少。古人对自己无法解释的自然现象，往往朝神怪之类的思路上想。

一片云①

　　神运石②在龙井寺中，高六尺许，奇怪突兀，特立檐下。有木香一架，穿绕窈窕，蟠若龙蛇。正统十三年③，中贵④李德驻龙井。天旱，令力士淘之。初得铁牌⑤二十四、玉佛一座、金银一锭，凿大宋元丰年号。后得此石，以八十人舁起之。上有"神运"二字，旁多款识，漶漫不可读，不知何代所镌，大约皆投龙以祈雨者也。

　　风篁岭上有一片云石，高可丈许，青润玲珑，巧若镂刻。松磴盘屈，草莽间有石洞，堆砌工致巉岩⑥。石后有片云亭，为司礼孙公⑦所构，设石棋枰于前，上镌"兴来临水敲残月，谈罢吟风倚片云"之句。游人倚徙，不忍遽去。

【注释】

　　①一片云：今杭州西湖龙井景区的一块天然岩石，高约三米。

②神运石：今杭州西湖龙井景区的一块石灰岩巨石。

③正统十三年：即公元1448年。

④中贵：显贵的侍从宦官。

⑤铁牌：一种响器。旧时僧人凌晨敲击，用以报晓。

⑥巉岩：险峻的山石。《西湖游览志》载："一片云石，在风篁岭上，高可丈许，青润玲珑，巧若镂刻。松磴盘屈草莽间，有石洞堆砌工致，巉岩可赏。""巉岩"后有"可赏"二字。

⑦司礼孙公：即司礼监太监孙隆。

【赏读】

这篇文章写了两块奇石：一是神运石，如今上面有十七处题刻，其中乾隆五次御题，这些题刻不少字迹已模糊难辨；二是一片云，石高三米多，青润玲珑，巧若镂刻，石身所刻"一片云"为乾隆手迹。两块奇石成自天然，历经风雨，被赋予丰富的历史文化内涵，皆入选"龙井八景"，成为龙井一带的标志性景观。

卷五 妙文

天下之有意为好者，未必好，而古来之妙书妙画，皆以无心落笔，骤然得之。

《琅嬛诗集》自序[①]

余少喜文长[②]，遂学文长诗，因中郎[③]喜文长诗，而并学喜文长之中郎诗。文长、中郎以前无学也。后喜钟、谭[④]诗，复欲学钟、谭诗，而鹿鹿[⑤]无暇，伯敬、友夏虽好之，而未及学也。

张毅孺[⑥]，好钟、谭者也，以钟、谭手眼选明诗，遂以钟、谭手眼选余之好钟、谭而不及学钟、谭之明诗，其去取故有在也。

毅孺言予诗酷似文长，以其似文长者姑置之，而选及余之稍似钟、谭者。予乃始知自悔，举向所为似文长者悉烧之，而涤胃刮肠[⑦]，非钟、谭则一字不敢置笔。刻苦十年，乃问所为学钟、谭者，又复不似。盖语出胞胎[⑧]，即略有改移，亦不过头面，而求其骨格，则仍一文长也。

余于是知人之诗文，如天生草木花卉，其色之红黄、瓣之疏密，如印板一一印出，无纤毫稍错。世人即以他木接之，虽形状少异，其大致不能尽改也。

余既取其似文长者而烧之矣,今又取其稍似钟、谭而终似文长者又烧之,则余诗无不当烧者矣。余今乃大悟,简⑨余所欲烧而不及烧者悉存之,得若干首,抄付儿辈,使儿辈知其父少年亦曾学诗,亦曾学文长之诗,亦曾烧诗之似文长者,而今又复存其似文长之诗。

存其似者,则存其似文长之宗子⑩;存其似之者,则并存其宗子所似之文长矣。宗子存而文长不得存,宗子文长存而烧文长,文长之毅孺,亦不得不存矣。

向年余老友吴系曾梦文长,说余是其后身,此来专为收其佚稿。及余选佚稿,而其所刻诸诗,实不及文长以前所刻之诗,则是文长生前已遂不及文长矣。今日举不及文长之文长,乃欲以笼络不必学文长而似文长之宗子,则宗子肯复受哉?古人曰:"我与我周旋久,则宁学我。"⑪

甲午⑫八月望日,陶庵老人张岱书于快园之渴旦庐⑬。

【注释】

①《琅嬛诗集》:张岱的个人诗集。

②文长:即徐渭,字文长,明代著名书画家、文学家。张岱年轻时曾搜辑徐渭书稿,成《徐文长佚稿》。

③中郎:即袁宏道,字中郎。公安派代表人物,著有《袁中郎全集》等。

④钟、谭:钟,指钟惺,字伯敬。谭,指谭元春,字友夏。二人都是明后期著名文学家,竟陵派创始人。

⑤鹿鹿:忙碌的样子。

⑥张毅孺:即张弘,字毅孺,张岱族弟。

⑦涤胃刮肠:洗心革面,彻底改变。

⑧胞胎:娘胎,意思是天生如此。

⑨简:选择。

⑩宗子:张岱的字,这里指代他自己。

⑪"古人曰"两句:典出《晋书·殷浩列传》:"(殷)浩少与(桓)温齐名,而每心竞。温尝问浩:'君何如我?'浩曰:'我与君周旋久,宁作我也。'"

⑫甲午:顺治十一年(1654)。

⑬快园:张岱晚年租住的一所名园。渴旦庐:张岱晚年书房的名字。

【赏读】

这篇自序介绍了作者诗歌创作的师承及诗学观。他早年沉迷徐渭,处处学习模仿,后来又喜欢公安派、竟陵派。多年之后回顾自己的作品,发现即便可以学习徐渭及公安、竟陵诸人也只能做到形似,每个作家都有自己独到的个性和风格,与其处处与人相似,不如写出自己的东西。只有走出模仿的阶段，才能形成自己的风格。

作者的创作受徐渭影响很深，他通过搜集徐渭的遗稿发现一个问题，那就是徐渭的作品不见得每篇都是精品，自己辛苦搜集的有不少是徐渭的败笔。即便是偶像，也不见得处处都要向他学习，作者在文章最后所讲的这个道理耐人深思。

《陶庵梦忆》自序

陶庵国破家亡，无所归止，披发入山，骇骇[①]为野人。故旧见之，如毒药猛兽，愕窒不敢与接。作自挽诗[②]，每欲引决，因《石匮书》[③]未成，尚视息人世。然瓶粟屡罄，不能举火，始知首阳二老直头饿死[④]，不食周粟，还是后人妆点语也。

饥饿之余，好弄笔墨，因思昔人生长王、谢[⑤]，颇事豪华，今日罹此果报。以笠报颅，以蒉[⑥]报踵，仇簪履也；以衲报裘，以苎报絺[⑦]，仇轻暖也；以藿[⑧]报肉，以粝报粻[⑨]，仇甘旨也；以荐报床，以石报枕，仇温柔也；以绳报枢，以瓮报牖，仇爽垲[⑩]也；以烟报目，以粪报鼻，仇香艳也；以途报足，以囊报肩，仇舆从也。种种罪案，从种种果报中见之。

鸡鸣枕上，夜气方回，因想余生平，繁华靡丽，过眼皆空，五十年来，总成一梦。今当黍熟黄粱[⑪]，车旅蚁穴[⑫]，当作如何消受？遥思往事，忆即书之，持向佛前，一一忏悔。不次岁月，异年谱也；不分门类，别《志林》⑬也。偶拈一则,如游旧径,如见故人,城郭人民⑭,翻用自喜,真所谓痴人前不得说梦矣。

昔有西陵脚夫为人担酒,失足破其瓮,念无以偿,痴坐伫想曰:"得是梦便好!"一寒士乡试中式,方赴鹿鸣宴⑮,恍然犹意非真,自啮其臂曰:"莫是梦否?"一梦耳,惟恐其非梦,又惟恐其是梦,其为痴人则一也。余今大梦将寤,犹事雕虫⑯,又是一番梦呓。因叹慧业文人,名心难化,正如邯郸梦断,漏尽钟鸣,卢生遗表,犹思摹拓二王,以流传后世⑰。则其名根⑱一点,坚固如佛家舍利,劫火⑲猛烈,犹烧之不失也。

【注释】

①骇骇(hài hài):使人震惊的样子。骇,同"骇"。

②自挽诗:陶渊明有《挽歌诗》三首,张岱曾仿而和之,作《和挽歌辞》三首。

③《石匮书》:张岱当时正在撰写的一部明代史书,纪传体,二百二十卷。

④首阳二老:指商朝遗民伯夷、叔齐。周灭商后,两人隐居首阳山,不食周粟,后饿死。直头:径直,吴地方言。本文作者似乎是说首阳二老并非不食周粟,而是因没有找到吃的被饿死,意在说明自己此时生活的困顿。

⑤王、谢:东晋时王导、谢安两大家族,其生活较为奢

华,后泛指豪门世家。张岱家族为山阴名门世家,故云。

⑥篑(kuì):草编的筐子,这里指草鞋。

⑦苎(zhù):粗麻布。絺(chī):细葛布。

⑧藿:豆叶。这里泛指野菜。

⑨粝:粗米。粻(zhāng):细米。

⑩爽垲(kǎi):明亮、干燥的房子。

⑪黍熟黄粱:用卢生黄粱美梦的典故,出自唐沈既济《枕中记》。

⑫车旅蚁穴:用淳于棼梦游槐安国、醒后发现槐安国为蚁穴的典故。出自唐李公佐《南柯太守传》。

⑬《志林》:苏轼所写的一部笔记体著作《东坡志林》,这里泛指一般的笔记之作。

⑭城郭人民:城郭还是原来的,但人已不是了,慨叹物是人非。典出晋陶潜《搜神后记》:"丁令威,本辽东人,学道于灵虚山。后化鹤归辽,集城门华表柱。时有少年,举弓欲射之。鹤乃飞,徘徊空中而言曰:'有鸟有鸟丁令威,去家千年今始归,城郭如故人民非,何不学仙冢累累。'遂高上冲天。"

⑮鹿鸣宴:唐代乡试后,州县长官为考中举子举行宴会,因宴会时多唱《诗经·小雅·鹿鸣》,故名。后泛指为庆贺举子考中而举行的宴会。

⑯雕虫:汉扬雄《法言·吾子》曾云赋为雕虫小技,壮夫不为,后人以雕虫代指写文章。

⑰"正如"五句：这里仍用黄粱美梦的典故，见汤显祖《邯郸记》。《邯郸记》乃据《枕中记》改编而成，增卢生临终上书事。此谓卢生至死痴心不改。

⑱名根：佛家将眼、耳、鼻、舌、身、意称为六根，是感觉和意识产生的根源。这里的名根，是指产生好名意识的根源。

⑲劫火：佛教语，劫难中的火灾。佛教认为在坏劫之末，将发生水、火、风三大灾。火灾发生时，世界将烧为灰烬。

【赏读】

细读该文，作者主要谈到三个问题。

第一个问题是生死。国破家亡，如野人一般的作者披发入山，不见容于世，他写过自挽诗，也经常想结束生命。但何以还要苟活人间？那就是"因《石匮书》未成"。编撰《石匮书》，为大明王朝写一部信史，这是比生死更为重要的事情，是作者活下去的动力，它让我们想到了司马迁的《报任安书》。

第二个问题是忏悔。既然苟活的原因是为了撰写《石匮书》，何以还要再写一部《陶庵梦忆》？作者说得很清楚，那就是为了忏悔。他想通过追思往事来抒发乃至排解内心的苦痛，反省自己的人生，以此来打发惨淡的岁月。

第三个问题是梦幻。这是作者反复提及的一个词，也是他对人生的深切感悟。"繁华靡丽，过眼皆空，五十年来，总成一梦。"话似乎说得很轻松，但无比沉痛。他也借梦自嘲，批评自己未能忘怀功名，实际上也反映了其内心的纠结，一方面觉得不应该再写这些文字，但另一方面则觉得不吐不快。

通过这三个问题，作者说出了撰写这部书的缘起，那就是在国破家亡之际，痛定思痛，通过追忆往日的豪奢生活抒写内心的忏悔和苦痛，表达人生如梦的感叹。这是一部发愤而著的血泪文字，明白了这一点，也就知道作者为何将书名定为"梦忆"。

《西湖梦寻》自序

　　余生不辰①，阔别西湖二十八载，然西湖无日不入吾梦中，而梦中之西湖，实未尝一日别余也。

　　前甲午、丁酉②，两至西湖，如涌金门商氏之楼外楼③，祁氏之偶居④，钱氏⑤、余氏⑥之别墅，及余家之寄园⑦，一带湖庄，仅存瓦砾。则是余梦中所有者，反为西湖所无。

　　及至断桥⑧一望，凡昔日之弱柳夭桃，歌楼舞榭，如洪水淹没，百不存一矣。余乃急急走避，谓余为西湖而来，今所见若此，反不若保吾梦中之西湖，尚得完全无恙也。

　　因想余梦与李供奉⑨异：供奉之梦天姥⑩也，如神女名姝，梦所未见，其梦也幻；余之梦西湖也，如家园眷属，梦所故有，其梦也真。

　　今余僦居⑪他氏已二十三载，梦中犹在故居；旧役小傒，今已白头，梦中仍是总角。夙习未除，故态难脱。而今而后，余但向蝶庵岑寂，蘧榻于徐⑫，惟吾旧梦是保,一派西湖景色,犹端然未动也。儿曹⑬诘问,偶为言之,总是梦中说梦,非魇即呓也。

因作《梦寻》七十二则,留之后世,以作西湖之影。余犹山中人,归自海上,盛称海错⑭之美,乡人竞来共舐其眼⑮。嗟嗟!金虀瑶柱⑯,过舌即空,则舐眼亦何救其馋哉!

岁辛亥七月既望⑰,古剑⑱蝶庵老人张岱题。

【注释】

①不辰:生不逢时,不得其时。典出《诗·大雅·桑柔》:"忧心慇慇,念我土宇。我生不辰,逢天僤怒。"。

②甲午:即顺治十一年(1654)。丁酉:即顺治十四年(1657)。

③涌金门:又称丰豫门,在今浙江杭州涌金路西口,南宋都城临安的西城门。传说西湖中"金牛涌现"即在此地,因而得名。商氏:指商周祚,字明兼,号等轩。会稽(今浙江绍兴)人。万历二十九年(1601)进士,官至吏部尚书。楼外楼:商周祚的别墅。

④祁氏:即祁彪佳,字虎子,又字幼文、弘吉,号世培,别号远山堂主人。山阴(今浙江绍兴)人。天启二年(1622)进士,官至右佥都御史。偶居:祁彪佳在西湖修建的别墅。

⑤钱氏:即钱象坤,字弘载,号麟武。会稽(今浙江绍

兴）人。万历二十九年（1601）进士，曾任东阁大学士。

⑥余氏：即余煌，字武贞，号公逊。会稽（今浙江绍兴）人。天启五年（1625）状元，官至翰林院修撰。

⑦寄园：张岱祖父张汝霖所建别墅，在柳州亭边。

⑧断桥：又名宝祐桥、段家桥，杭州孤山边白堤上的一座桥。据说因自孤山来的路至此而断，故自唐代以来皆称断桥。"断桥残雪"为西湖十景之一。

⑨李供奉：即李白，因曾任翰林供奉，故有此称。

⑩梦天姥：指李白诗作《梦游天姥吟留别》。

⑪僦（jiù）居：租屋而居。顺治六年（1649）九月，张岱向诸公旦的子孙租借绍兴卧龙山下的快园，在此居住二十余年。僦，租赁。

⑫"余但"二句：《庄子·齐物论》云："昔者庄周梦为蝴蝶，栩栩然蝴蝶也，自喻适志与，不知周也。俄然觉，则蘧蘧然周也，不知周之梦为蝴蝶与？蝴蝶之梦为周与？周与蝴蝶则必有分矣。此之谓物化。"张岱取意于此，名其庵为蝶庵，名其榻为蘧榻。于徐：通"纡徐"，缓步貌。

⑬儿曹：晚辈，后辈。

⑭海错：种类丰富的海产品。

⑮舐（shì）其眼：用舌头舔眼睛。这是一个奇特的比喻，意谓乡人知其见过多种美味，便想通过舔他眼睛的方式来感受美味。参见本书《张氏声伎》相关描写及注释。

⑯金齑（jī）瑶柱：喻山珍海味。金齑，吴中以菰菜为

羹，菜黄如金，故名。《大业拾遗记》载："（大业）六年，吴郡献松江鲈鱼干脍，鲈鱼肉白如雪，不腥，所谓金齑玉脍，东南之佳味也。"瑶柱即江瑶柱，一种贝类，其肉极为鲜美，为海味珍品。

⑰辛亥：即康熙十年（1671）。既望：农历每月十六。

⑱古剑：张岱自号古剑老人，因其祖籍四川绵阳，治所在剑南镇，故有此号。

【赏读】

无论是《陶庵梦忆》还是《西湖梦寻》，点睛的都是同一个字，那就是"梦"，以梦为题，写出人生的幻灭感，昔日繁华靡丽仅存于梦中。所不同的是，《〈陶庵梦忆〉自序》带有深深的忏悔意识，而本文则着眼于梦的真假。

这个梦不同于李白梦游天姥的虚幻，它是真实存在过的。尽管高楼已倒，美景不再，但那些华丽曾经存在过，难道可以因眼前的凄清而否定吗？

读《西湖梦寻》，要注意作者在叙写名胜背后的悲凉心境，看似娓娓道来，不动声色，实则是一把辛酸泪。

《夜航船》自序

天下学问，惟夜航船①中最难对付。盖村夫俗子，其学问皆预先备办，如瀛洲十八学士②、云台二十八将③之类，稍差其姓名，辄掩口笑之。彼盖不知十八学士、二十八将，虽失记其姓名，实无害于学问文理，而反谓错落④一人，则可耻孰甚。故道听途说，只辨口头数十个名氏，便为博学才子矣。

余因想吾八越⑤，惟余姚风俗，后生小子，无不读书，及至二十无成，然后习为手艺。故凡百工贱业，其《性理》《纲鉴》⑥，皆全部烂熟，偶问及一事，则人名、官爵、年号、地方枚举之，未尝少错。学问之富，真是两脚书厨，而其无益于文理考校，与彼目不识丁之人无以异也。

或曰："信如此言，则古人姓名总不必记忆矣。"余曰："不然。姓名有不关于文理，不记不妨，如八元、八恺⑦、厨、俊、顾、及⑧之类是也。有关于文理者，不可不记，如四岳⑨、三老⑩、臧穀⑪、徐夫人⑫之类是也。"

昔有一僧人,与一士子同宿夜航船。士子高谈阔论,僧畏慑,拳足⑬而寝。僧听其语有破绽,乃曰:"请问相公,澹台灭明⑭是一个人、两个人?"士子曰:"是两个人。"僧曰:"这等尧舜是一个人、两个人?"士子曰:"自然是一个人!"僧乃笑曰:"这等说起来,且待小僧伸伸脚。"

余所记载,皆眼前极肤浅之事,吾辈聊且记取,但勿使僧人伸脚则亦已矣。故即命其名曰《夜航船》。

古剑陶庵老人张岱书。

【注释】

①夜航船:旧时江南地区用于长途运输的客船,常常在夜间航行,故称"夜航船"。

②瀛洲十八学士:唐高祖武德四年(621),秦王李世民留意文治,在宫城西开设文学馆,以杜如晦、房玄龄、姚思廉、薛收、陆德明、孔颖达、虞世南等十八人为文学馆学士。命阎立本画像,褚亮作赞,题十八人名号、籍贯等,藏之书府,时人称其为"登瀛洲"。

③云台二十八将:永平三年(60),东汉明帝追念协助光武帝刘秀打江山的那些功臣宿将,命人在洛阳南宫的云台阁为邓禹、吴汉等二十八位大将画像,故称。

④错落：弄错，遗漏。

⑤八越：旧时绍兴下辖八县，分别为山阴、会稽、萧山、诸暨、余姚、上虞、嵊县、新昌。又绍兴古为越地，故称。

⑥《性理》《纲鉴》：即《性理大全》和《纲鉴》。前者是宋人理学言论的汇编，后者则系采用朱熹《通鉴纲目》体例编写的史书。

⑦八元、八恺：传说上古高辛氏时有伯奋、仲堪等八位才德之士，称"八元"；高阳氏有才子八人，谓之"八恺"。见《左传·文公十八年》。

⑧厨、俊、顾、及：厨，即八厨，指汉代八位能以钱财救济危急的人。俊，即八俊，指东汉时八位有才望的人。顾，即八顾，指东汉时八位德行高的人。及，即八及，东汉时期士大夫互相标榜，称有贤德、有影响的八个人为八及。

⑨四岳：尧舜时期分管四方的部落首领。

⑩三老：旧时地方掌管教化的乡官。

⑪臧穀（gǔ）：即臧与穀，庄子寓言中两个虚拟的人名。

⑫徐夫人：战国时期赵国人，铸剑名家，荆轲刺秦王所用匕首即出自其手。

⑬拳足：屈膝，缩脚。

⑭澹台灭明：复姓澹台，名灭明，字子羽，鲁国武城（今山东平邑县）人。是孔子的弟子，七十二贤之一。

【赏读】

《夜航船》是张岱晚年编撰的一部小型类书，此书杂采经史子集各类文献，分为天文、地理、人物、考古、礼乐、宝玩、方术等共计二十个大类，可以说是一部小型百科全书。

因战乱流离，藏书散失，其收录自然不如同类书籍那样系统完备，这也许是一个缺憾，但也恰恰是该书的一个特点，由此可以看出作者真实的知识结构，有助于我们对这位作家更为系统深入地了解。

有学问并不等于掉书袋，多记一些人物掌故，固然很好，但这并不是嘲笑别人的资本，如果不能学以致用，即文中所说的有益于"文理考校"，那不过是长着两条腿的书橱而已。在博闻强记与灵活运用之间，需要把握一个适当的度，相信这也是作者编撰《夜航船》这部书的初衷。

张子《说铃》①序

说何始乎?《论语》始也。说何止乎?《论语》止也。《论语》之后无《论语》,而象之者《法言》也②。《论语》卒不可象,而止成其为《法言》者,亦《法言》也。何也?象者像也。

方相氏虎目执戈以怖鬼③,童子蒙虎皮以怖人。鬼与人卒不可怖,而方相氏、童子止自怖者,自怖然后谓可怖鬼、可怖人也。余之为说也,则异于是。食龙肉,谓不若食猪肉之味为真也;貌④鬼神,谓不若貌狗马之形为近也。余主何说哉!言天则天而已矣,言人则人而已矣,言物则物而已矣。余主何说哉!尝片脔而定其为猪肉,则其味不能变也;见寸鞟⑤而呼其为狗马,则其形不能遁也。何论大小哉!亦得其真、得其近而已矣。

大块⑥,风也,窍⑦,亦风也。又海,水也,人之津液涎泪,无不水也。扬雄氏之言曰:"好说而不见诸仲尼,说铃也。"铃亦何害于说哉!秦始皇振铎驱山⑧

而山如鹿走。铃，铎属也。

【注释】

①张子：张岱自称。《说铃》：张岱所撰的一部笔记体著作，今不存。说铃，比喻所说的东西不登大雅之堂。扬雄《法言》："好说而不要诸仲尼，说铃也。"李轨注："铃，以喻小声。犹小说不合大雅。"后来清代有两部笔记也叫《说铃》：一部是汪琬所撰，所记多为当时士大夫逸事；一部是吴震方所编的笔记总集。

②象：模拟，模仿。《法言》：汉扬雄模仿《论语》撰写的一部著作，尊圣人，谈王道，宣扬儒家传统思想。

③方相氏：周官名。职掌驱除疫鬼和山川精怪之事，后被奉为逐疫之神。虎目：瞪着大眼睛。怖：恐吓。

④貌：描摹，描绘。

⑤鞹（kuò）：去掉毛的皮革。

⑥大块：大地。

⑦窍：小孔，小洞。

⑧秦始皇振铎驱山：旧时有秦始皇驱赶山石下海造桥的传说。振铎，摇铃。铎，有舌的大铃。

【赏读】

这篇自序颇能体现作者的创作观，那就是创作不见得非要去学谁，也不必去装腔作势，自欺欺人，只要写出自己的真情实感就好,"得其真、得其近而已"。作者是这样说的,也是这样做的,从本书所收作者的这些小品文字可以看出这一点,无论是写人、记事还是状物,无不展现其真实状态,这样的文字才是真性情文字。

《四书遇》序

"六经"①"四子"②,自有注脚,而十去其五六矣;自有诠解,而去其八九矣。故先辈有言,"六经"有解不如无解,完完全全几句好白文,却被训诂讲章说得零星破碎,岂不重可惜哉!

余幼遵大父教,不读朱注③。凡看经书,未尝敢以各家注疏横据胸中。正襟危坐,朗诵白文数十余过,其意义忽然有省④。间有不能强解者,无意无义,贮之胸中;或一年,或二年,或读他书,或听人议论,或见山川云物,鸟兽虫鱼,触目惊心,忽于此书有悟,取而出之,名曰《四书遇》。

盖"遇"之云者,谓不于其家,不于其寓,直于途次之中邂逅遇之也。古人见道旁蛇斗而悟草书⑤,见公孙大娘舞剑器而笔法大进⑥,盖真有以遇之也。古人精思静悟,钻研已久,而石火电光,忽然灼露⑦,其机神摄合,政不知从何处着想也。

举子十年攻苦,于风檐寸晷之中⑧,构成七艺⑨,

而主司以醉梦之余，忽然相投，如磁引铁，如珀摄芥⑩，相悦以解，直欲以全副精神注之。其所遇之奥窍，真有不可得而自解者矣。推而究之，色声香味触发中间，无不有遇之一窍，特留以待深心明眼之人，邂逅相遇，遂成莫逆耳。

余遭乱离两载，东奔西走，身无长物⑪，委弃无余。独于此书收之箧底，不遗只字。曾记苏长公儋耳渡海，遇飓风，舟几覆，自谓《易解》与《论语解》未行世，虽遇险必济⑫。然则余书之遇知己，与不遇盗贼水火，均之一遇也。遇其可易言哉！

【注释】

①六经：《诗》《书》《礼》《乐》《易》《春秋》六部儒家经典的合称。

②四子：即四书，《论语》《大学》《中庸》《孟子》四部儒家经典的合称。

③朱注：朱熹的《四书集注》。

④省：知觉，觉悟。

⑤"古人"句：北宋文同《论草书》："余学草书凡十年，终未得古人用笔相传之法，后因见道上斗蛇，遂得其妙。乃知颠、素之各有所悟，然后至于此耳。"

⑥"见公孙大娘"句：李肇《国史补》载："（张）旭

尝言：'始吾见公主担夫争路，而得笔法之意。后见公孙氏舞剑器，而得其神。'"公孙大娘，唐开元间著名舞蹈艺人，善舞剑器，其《剑器舞》在当时名动天下。杜甫有诗《观公孙大娘弟子舞剑器行》称赞她："先帝侍女八千人，公孙剑器初第一。"张旭，唐代著名书法家，精楷法，尤善草书。据说，张旭是看了公孙大娘的剑器之舞，才茅塞顿开，成就了一代笔走龙蛇的狂草大师。

⑦灼露：显露，闪现。

⑧风檐寸晷（guǐ）：常指举场应试。风檐，指不蔽风雨的场屋。寸晷，比喻极短的时间。晷，日影。

⑨七艺：亦称"七篇""七题"，明清时期科举考试，第一场试时文七篇，其中四书三题、五经四题，合称七艺。

⑩如珀摄芑：像琥珀吸草。琥珀摩擦后生电，能吸引轻微之物。芑，草。《夜航船》中有解释："磁石引针，琥珀摄芥。"

⑪长物：原指多余的东西，也指像样的东西。

⑫"曾记苏长公"五句：典出苏轼《东坡志林》之《记过合浦》，"所撰《书》《易》《论语》皆以自随，而世未有别本。抚之而叹曰：'天未欲使从是也，吾辈必济！'"

【赏读】

全文的核心在一"遇"字。作者读书的方法很别致，读"四书"，他不读那些注释诠解之类的文字，即便是朱熹的集注也不看，而是反复阅读原文，从中领悟。遇到那些难解不懂的问题，时时留意，从其他地方触类旁通，忽然感悟。这种"遇"需要悟性，可以看作一种灵感。当然这种灵感不是凭空而来，而是以博学勤奋为前提。应该说，作者的这种读书方法还是很有启发意义的。

《石匮书》①自序

能为史者，能不为史者也，东坡是也。不能为史者，能为史者也，弇州②是也。弇州高抬眼，阔开口，饱蘸笔，眼前腕下，实实有非我作史更有谁作之见，横据其胸中。史遂不能果作，而作不复能佳，是皆其能为史之一念有以误之也。

太史公其得意诸传，皆以无意得之。不苟袭一字，不轻下一笔，银钩铁勒③，简练之手，出以生涩④。至其论赞，则淡淡数语，非颊上三毫⑤，则睛中一画⑥，墨汁斗许，亦将安所用之也。后世得此意者，惟东坡一人。而无奈其持之坚，拒之峻，欧阳文忠、王荆公力劝之不为动，其真有见于史之不易作与史之不可作也。嗟嗟！东坡且犹不肯作，则后之作者亦难乎其人矣。

余之作史，尚不能万一弇州，敢言东坡！第见有明一代，国史失诬，家史失谀，野史失臆，故以二百八十二年总成一诬妄之世界。余家自太仆公以下，留心三世，聚书极多。余小子苟不稍事纂述，则茂先⑦家藏三十余乘，亦且荡为冷烟，鞠为茂草矣。

余自崇祯戊辰⑧，遂泚笔⑨此书，十有七年而遽遭国变，携其副本，屏迹深山，又研究十年，而甫能成帙。幸余不入仕版⑩，既鲜恩仇，不顾世情，复无忌讳。事必求真，语必务确，五易其稿，九正其讹，稍有未核，宁阙勿书。故今所成书者，上际洪武，下讫天启，后皆阙之，以俟论定。

余故不能为史，而不得不为其所不能为，固无所辞罪。然能为史而不能不为史者，世尚不乏其人，余其执简⑪俟之矣。

【注释】

①《石匮书》：张岱编撰的一部纪传体明代史书，全书共二百二十卷，包括本纪、志、世家、列传等。书名取自成语"石室金匮"，谓以石为室，以金为匮，封藏珍贵图书。

②弇州：即王世贞，字元美，号凤洲，又号弇州山人。

③银钩铁勒：语出唐欧阳询《用笔论》："徘徊俯仰，容兴风流，刚则铁画，媚若银钩。"形容笔画如铁般刚劲，如银般柔媚。

④生涩：不流利，不纯熟。

⑤颊上三毫：典出南朝刘义庆《世说新语·巧艺》："顾

长康画裴叔则,颊上益三毛。人问其故,顾曰:'裴楷俊朗有识具,正此是其识具。'看画者寻之,定觉益三毛如有神明,殊胜未安时。"比喻描绘得生动传神。

⑥睛中一画:典出唐张彦远《历代名画记》:"张僧繇,吴人也,……又金陵安乐寺四白龙不点眼睛,每云点睛即飞去。人以为妄诞,固请点之。须臾,雷电破壁,两龙乘云腾去上天,二龙未点眼者见在。"比喻创作时的传神之笔。

⑦茂先:即张华,字茂先,晋代文学家。好藏书,《晋书·张华传》说其"尝徙居,载书三十乘"。

⑧崇祯戊辰:崇祯元年(1628)。

⑨泚(cǐ)笔:以笔蘸墨。

⑩仕版:记载官吏名籍的簿册。这里借指仕途、官场。

⑪执简:语出《左传·襄公二十五年》:"南史氏闻太史尽死,执简以往,闻既书矣,乃还。"

【赏读】

张岱平生著述甚多,他最为看重的却是《石匮书》,为此花费了二三十年的时间,反复打磨。

修史一般是史官们的事情,作者何以要做这件吃力未必讨好的事情呢?按照张岱的说法,苏轼是最适合写史的人,但苏轼坚决不写,王世贞不适合写史却偏偏要写,自己则是"不得不为其所不能为"。原因主要有二:一是对"国史失诬,家史失谀,野史失臆"的情况不满,要为大明王朝存一份信史；二是父祖们有多年的积累，自己要不辜负他们的心血。明朝灭亡之后，他更坚定了这一信念，后来又撰写了《石匮书后集》。

《越绝诗》小序

忠臣义士多见于国破家亡之际，如敲石出火，一闪即灭。人主^①不急起收之，则火种绝矣。

我太祖高皇帝于元末忠义如余阙^②、福寿、李黼之辈，宝恤之不啻如祥麟威凤。积薪厝火^③，其焰立见。革除之际，已食其报矣。成祖^④灭灶扬灰，火星已尽。而吾烈皇帝^⑤身殉社稷，光焰烛天。天下忠臣烈士闻风起义者，踵顶相藉，譬犹阳燧^⑥，对日取火，火自日出，不薪不灯，不木不石，盖其所取种者大也。某以蜀人住越，得之闻见者二十六人，何况天下之大乎？

昔田常^⑦作乱，移兵伐鲁。而孔子以鲁为坟墓所处，命子贡^⑧一出，本欲存鲁，遂至乱齐、强晋、破吴而霸越。越人既霸，因有《越绝》一书。然则"越绝"者，越之所以不绝也。当绝不绝，越亦尚有人哉。

【注释】

①人主：后来的执政者。

②太祖高皇帝:指明太祖朱元璋。余阙:字廷心,一字天心,庐州(今安徽合肥)人。元末官员。元统元年(1333)进士,官至都元帅府佥事,后与红巾军作战,战败自杀。

③积薪厝(cuò)火:把火种放到柴堆下面。比喻所做之事潜伏着很大危险。

④成祖:指明成祖朱棣,在位二十二年(1403~1424)。

⑤烈皇帝:即崇祯皇帝。崇祯死后,南明弘光皇帝谥崇祯帝为烈皇帝。

⑥阳燧:旧时用来向日取火的铜制火镜。

⑦田常:即田成子,一作陈成子。春秋时齐国正卿。他杀简公,拥立齐平公,独揽大权。

⑧子贡:姓端木,名赐,字子贡。孔子的弟子。

【赏读】

《越绝诗》是张岱所写的一组诗歌,纪念在明清易代之际杀身成仁的二十六位忠臣义士。作者创作这组诗歌的用意在于让忠臣义士的精神流传下去。"越绝"之名来自《越绝书》,意在借此说明"'越绝'者,越之所以不绝也。当绝不绝,越亦尚有人"。这种顽强不屈的精神令人感佩。

《一卷冰雪文》①序

鱼肉之物，见风日则易腐，入冰雪则不败，则冰雪之能寿物也。今年冰雪多，来年谷麦必茂，则冰雪之能生物也。盖人生无不藉此冰雪之气以生，而冰雪之气必待冰雪而有，则四时有几冰雪哉！

若吾之所谓冰雪则异是。凡人遇旦昼则风日，而夜气则冰雪也；遇烦躁则风日，而清静则冰雪也；遇市朝则风日，而山林则冰雪也。冰雪之在人，如鱼之于水，龙之于石，日夜沐浴其中，特鱼与龙不之觉耳。

故知世间山川、云物、水火、草木、色声、香味，莫不有冰雪之气，其所以恣人挹取受用之不尽者②，莫深于诗文。盖诗文只此数字，出高人之手，遂现空灵；一落凡夫俗子，便成臭腐。此其间真有差之毫厘，失之千里。特恨遇之者不能解，解之者不能说。即使其能解能说矣，与彼不知者说，彼仍不解，说亦奚为？故曰：诗文一道，作之者固难，识之者尤不易也。

干将之铸剑于冶③，与张华之辨剑于斗，雷焕之出剑于狱④,识者之精神,实高出于作者之上。由是推之,则剑之有光铓⑤,与山之有空翠,气之有沆瀣⑥,月之有烟霜,竹之有苍蒨⑦,食味之有生鲜,古铜之有青绿,玉石之有胞浆⑧,诗之有冰雪,皆是物也。苏长公⑨曰:"子由近作《栖贤僧堂记》,读之惨凛,觉崩崖飞瀑,逼人寒栗。"噫!此岂可与俗人道哉!笔墨之中,崖瀑何从来哉!

【注释】

①《一卷冰雪文》:张岱本人的一部诗文集。

②恣:听任,听凭。挹(yì):舀,酌取。

③干将:春秋时期吴国人,善于铸剑,曾铸干将、莫邪雄雌二剑献给吴王。铸剑于冶:典出《吴越春秋》。干将为吴王铸剑,三月不成,"干将妻乃断发剪爪,投于炉中。使童女童男三百人鼓橐装炭,金铁乃濡,遂以成剑"。

④"与张华"二句:张华、雷焕都是西晋时人,张华曾官至司空。张华见斗牛之间常有紫气,邀雷焕同观天象。雷焕望气而知丰城有宝剑,张华即任雷焕为丰城令。雷焕在丰城监狱地基下,得一石匣,内有龙泉、太阿二剑。事见《晋书·张华传》。

⑤光铓:光芒。

⑥沆瀣(hàng xiè):夜间的水汽、露水。

⑦苍蒨(qiàn):苍翠蓊郁。

⑧胞浆：即包浆，指古玩经长期摩挲抚弄而发出的光泽。

⑨苏长公：即苏轼。下面的引文出自其《与李公择》。

【赏读】

  这篇文章是作者为自己的诗文集所写的自序。先从自然界的冰雪谈起，说到人世间的冰雪，然后说到诗文的创作。作者所说的冰雪是个比喻，指作家具有的那种冰雪般的灵性与气质。这种灵性和气质不仅作者需要，读者也同样需要。只有这样的读者才能读出作者藏在字里行间的思想和情感，正所谓"作之者固难，识之者尤不易"。但愿我们都是识者，没有辜负作者的心血。

《昌谷①集解》序

长吉诗自可解,有解长吉者,而长吉遂不可解矣。刘须溪②以不解解之,所谓"吴质懒态,月露无情"③,此深解长吉者也。吴西泉④亦以不解解之,每一诗下,第⑤笺注其字义出处,而随人之所造以自解,此亦深解长吉者也。有此二人,而余可不复置解矣。乃余之解,非解长吉也,解解长吉者也。

凡人有病则药之,药之不投⑥,则更用药以解药,所谓救药也。药救药,药复救救药,至于不可救药,而病者真死矣。故余之解,非解病也,解药也。夫药亦有数等,庸医杀人,着手即死者,无问矣。乃有以偏锋劫剂⑦,活人什三,杀人什七者;有以大方脉⑧、官料药⑨,堂堂正正而手到病除者;乃有草泽医人,名不出于里,而以丹方草头药⑩起人于死者;乃有不用刀圭⑪,不用针砭⑫,而第吸其夜半沉瀣⑬之气,而使其自愈者。疗之之法不同,而用以疗病则一。至病一愈,而药与不药等。等不一之药,皆可勿用矣,安用救药哉!

故徐青藤⑭、董日铸⑮,用劫药者也。吴西泉,用官料药者也。刘须溪,则不用药者也。若余则何居?余则远谢雷公⑯,不问岐伯⑰,服参术⑱多,则用山查、萝菔⑲汁解之;服生熟地⑳多,则用大黄㉑、芒硝㉒解之。道听途说,为一日草泽㉓医人,而病已霍然㉔除矣。故曰:余之解,非解病也,解药也。

【注释】

①昌谷:即李贺,字长吉。唐代诗人。因其生于福昌(今河南宜阳)昌谷,故后人称其为李昌谷。

②刘须溪:即刘辰翁,字会孟,号须溪,庐陵(今江西吉安)人。南宋末年爱国词人、文学评论家,曾评点李贺等诸家诗。

③吴质懒态,月露无情:这是刘辰翁对李贺《李凭箜篌引》的评点。《李凭箜篌引》诗有"吴质不眠倚桂树,露脚斜飞湿寒兔"二句。吴质,即吴刚,旧时传说为月中的仙人。

④吴西泉:即吴正子,号西泉,金溪(今江西金溪)人。曾任国子校勘。著有《李长吉歌诗笺注》。

⑤第:只,但。

⑥不投:不见效,无效。

⑦偏锋:行为极端。劫剂:能迅速减轻症状、阻止病情

发展的药物,中医所说的猛药。

⑧大方脉:指正规的医术。

⑨官料药:官府核准的药。

⑩丹方:也叫"单方""偏方",民间流传的药方。草头药:按民间单方所开的中草药。

⑪刀圭:中药的量器名。这里指药物。

⑫针砭:旧时一种针刺疗法。

⑬沆瀣:夜间的水汽、露水。

⑭徐青藤:即徐渭,号青藤老人。著述甚丰,有《李长吉诗注》。

⑮董日铸:即董懋策,字揆仲,号日铸。著有《昌谷诗注》等。

⑯雷公:相传为黄帝时的名医。

⑰岐伯:相传为黄帝时的名医。

⑱参术:中药名,即人参和白术。

⑲山查:即山楂。萝菔:即萝卜。

⑳生熟地:生地、熟地,即未蒸晒和蒸晒过的地黄。

㉑大黄:草药名。根茎入药,味苦,可泻火解毒。

㉒芒硝:一种硝盐类矿物,可药用。性寒,味咸苦辛,可泻下、润燥。

㉓草泽:草莽,乡野。

㉔霍然:突然,快速。

【赏读】

　　这是张岱为《昌谷集解》所写的序。有意思的是，虽然是做李贺诗歌的解读，但通篇谈的却是治病，将对诗歌的解读比作治病，这是一个很有趣的比方。作者反对对李贺诗作的曲解，认为不需要做过多的解释，就像许多病不需要过度治疗。他认为自己所做的工作就是正本清源，将对李贺诗作的误解扭转过来，这就像他不是为病人治病，而是用药去消解庸医开出的药方。话说得虽然有些绕口，但意思是很明白的。

　　确实，无论是对诗歌的品鉴，还是给病人看病，都是一个道理，那就是对症下药，不要把简单的问题复杂化，求之过深反近误。明白了这篇文章所说的道理，欣赏张岱的小品文，更是要如此。

水浒牌①

古貌、古服、古兜鍪、古铠胄、古器械，章侯②自写其所学所问已耳。而辄呼之曰"宋江"，曰"吴用"，而"宋江""吴用"亦无不应者，以英雄忠义之气，郁郁芊芊，积于笔墨间也。周孔嘉③丐余促章侯，孔嘉丐之，余促之，凡四阅月而成。余为作缘起曰：

  余友章侯，才足掞④天，笔能泣鬼。昌谷道上，婢囊呕血之诗⑤；兰渚寺中，僧秘开花之字⑥。兼之力开画苑，遂能目无古人。有索必酬，无求不与。既蠲郭恕先之癖⑦，喜周贾耘老⑧之贫。画《水浒》四十人，为孔嘉八口计，因使宋江兄弟，复睹汉官威仪。伯益考著《山海》遗经⑨，兽㺉鸟㲉⑩，皆拾为千古奇文；吴道子画《地狱变相》，青面獠牙，尽化作一团清气。收掌付双荷叶，能月继三石米，致二斗酒，不妨持赠⑪；珍重如柳河东，必日灌蔷薇露，薰玉蕤香，方许改观。⑫非敢阿私，愿公同好。

【注释】

①水浒牌：即水浒叶子，陈章侯所绘的一种带有水浒人物的酒牌，作酒筹、酒令之用。张岱还写有《水浒牌四十八人赞》，可参看。

②章侯：即陈洪绶，字章侯，号老莲，浙江诸暨人。明末著名画家。

③周孔嘉：张岱好友，原籍苏州，天启五年（1625）僦居绍兴轩亭之北。

④掞（yàn）：原指火焰，这里是照耀的意思。

⑤"昌谷道上"二句：典出李商隐《李长吉小传》："（李贺）恒从小奚奴，骑距驴，背一古破锦囊，遇有所得，即书投囊中。及暮归，太夫人使婢受囊出之，见所书多，辄曰：'是儿要当呕出心乃已尔。'"

⑥"兰渚寺中"二句：据何延之《兰亭记》记载，王羲之《兰亭序》传至后人智永，智永再付弟子辩才。辩才珍藏，秘不示人。唐太宗求之不得，派萧翼设计骗走。开花之字，典出张怀瓘《书议》："（王献之书）若风行雨散，润色开花，笔法体势之中最为风流者也。"另据张岱《古兰亭辨》一文云："兰亭真本，辨才死守，什袭藏之，不许人见。后被萧翼赚出，走至半途，袖中偷看，遍地花开。"

⑦蠲：彰显。郭恕先：即郭忠恕，字恕先，北宋洛阳（今河南洛阳）人。善画楼观台榭、山水树石，传世之作有

《雪霁江行图》等。

⑧贾耘老：贾收，号耘老，乌程（今浙江湖州）人。苏轼在湖州做官时与他结为知己，曾画枯木怪石以周济他。

⑨"伯益"句：旧称《山海经》为伯益所著。

⑩兽毨（xiān）鸟氄（rǒng）：泛指各种鸟兽。毨、氄，都是鸟兽的羽毛。

⑪"收掌付双荷叶"四句：语出苏轼《答贾耘老四首》之四："念贾处士贫甚，无以慰其意，乃为作怪石古木一纸，每遇饥时，辄以开看，还能饱人否？若吴兴有好事者，能为君月致米三石，酒三斗，终君之世者，便以赠之。不尔者，可令双荷叶收掌，须添丁长，以付之也。"双荷叶，贾耘老之妾。

⑫"珍重"四句：典出后唐冯贽《云仙杂记·玉蕤香》："《好事集》曰：柳宗元得韩愈所寄诗，先以蔷薇露灌手，熏以玉蕤香，然后发读，曰：'大雅之文，正当如是。'"。蔷薇露，蔷薇水，俗称花露水，一种香水名。南唐张泌《妆楼记·蔷薇水》："周显德五年，昆明国献蔷薇水十五瓶，云得自西域，以洒衣，衣敝而香不灭。"

【赏读】

陈章侯是张岱的好朋友，其水浒叶子如今已成为中国绘画史上的经典之作。张岱既称赞陈章侯的画技，又夸奖其人品的高尚，妙笔生花，为好友的画作增色不少，画与文相映成趣。陈章侯也曾称赞张岱"才大气刚，志远学博"。

合采牌

余作文武牌^①，以纸易骨，便于角斗，而燕客复刻一牌，集天下之斗虎、斗鹰、斗豹者，而多其色目，多其采，曰"合采牌"。余为之作叙曰：

太史公曰："凡编户之民，富相什则卑下之，伯则畏惮之，千则役，万则仆，物之理也。"^②古人以钱之名不雅驯，缙绅先生难道之，故易其名曰赋、曰禄、曰饷，天子千里外曰采。采者，采其美物以为贡，犹赋也。诸侯在天子之县内曰采，有地以处其子孙亦曰采^③，名不一，其实皆谷也，饭食之谓也。周封建^④多采则胜，秦无采则亡。采在下无以合之，则齐桓、晋文^⑤起矣。列国有采而分析之，则主父偃^⑥之谋也。由是而亮采、服采^⑦，好官不过多得采耳。充类至义之尽^⑧，窃亦采也，盗亦采也，鹰虎豹由此其选也。然则奚为而不禁？曰：小役大，弱役强，斯二者，天也^⑨。《皋陶谟》曰："载采采^⑩。"微哉，之哉，庶哉！

【注释】

①文武牌:纸牌上画古代文臣武将图像,即所谓"叶子",劝酒时抽取之以为戏。

②"太史公曰"七句:语出《史记·货殖列传》。太史公,即司马迁,字子长,夏阳(今陕西韩城)人。历任郎中、太史令。什,同"十",十倍。经济条件相差十倍,就低人一等。伯,同"佰",百倍。

③"有地以处"句:语出《礼记·礼运》:"大夫有采,以处其子孙。"采,即采地,古代士大夫的封邑。

④周封建:西周实行分封制度,将爵位、土地赐给诸侯,让他们在所封的地区里建立邦国。

⑤齐桓、晋文:指春秋时期的齐桓公、晋文公两位霸主。

⑥主父偃:汉武帝时期的大臣,他曾向汉武帝提出旨在削弱诸侯王势力的推恩法。张岱《夜航船》一书亦有介绍:"分封大国:汉患诸侯强,主父偃谋令诸侯以私恩,自裂地封其子弟,而汉为定其封号。汉有厚恩,而诸侯自分析弱小云。"

⑦亮采:协助天子处理政事。服采:朝祭的近臣。

⑧充类至义之尽:语出《孟子》:"夫谓非其有而取之者,盗也,充类至义之尽也。"意为以此类推。

⑨"小役大"四句:语出《孟子》:"天下有道,小德

役大德，小贤役大贤；天下无道，小役大，弱役强。斯二者，天也。"

⑩载采采：谓举其行事以验其言。载，举证。采采，事事。

【赏读】

这篇《合采牌》写得很好玩，算是借题发挥吧。本来说的不过是一种斗牌游戏，作者却郑重其事，从历史说起，说到世态万象。他将光怪陆离的历史现象归纳为一个再简单不过的道理：大家忙来忙去，争来斗去，表面上说得冠冕堂皇，其实都是为了一个钱字，都是为了一口饭吃，上至天子，下到百姓，只不过处在不同的社会阶层，获取钱财的方式不同而已，就连虎豹豺狼也是如此。人和动物都在玩着弱肉强食的游戏，正所谓人为财死，鸟为食亡，谁也跳不出这个圈子。作者对人生看得如此透彻，言语之间似乎透出一种悲情。

跋梅花道人①画竹卷

古人自不可尽其伎俩。元季高人皆隐于画史,如黄公望②莫知其所终,或以仙去。梅花道人吴仲圭自题其墓曰梅花和尚,后值兵起,以和尚墓独全。盖仲圭虽以笔墨自见,复时时韬晦③,不使人尽知。今见此卷,方知其画竹之妙,又知其书法之精,如入龙宫海藏④,宝母珠胎⑤,无所不备。第少碧眼波斯⑥,不能辨别之耳。

【注释】

①梅花道人:即吴镇,字仲圭,号梅花道人。元代画家、书法家、诗人。嘉兴(今浙江嘉兴)人。擅画梅花、竹石,与黄公望、倪瓒、王蒙合称"元四家"。

②黄公望:字子久,号一峰,常熟(今江苏常熟)人。善画山水,"元四家"之一,代表作有《富春山居图》等。

③韬晦:隐藏才能,不外露。

④海藏:传说大海龙宫内的宝藏。

⑤宝母：传说能引聚明珠等宝贝的一种宝石。珠胎：蚌中尚未剖取的珍珠。

⑥第：只是。碧眼波斯：波斯商人，精于鉴别珠宝。

【赏读】

这篇文章从梅花道人画竹悟出一个道理，那就是"古人自不可尽其伎俩"，用现在的话来说，就是千古文章未尽才。古人因战乱、政治黑暗等因素的影响，往往韬光养晦，隐而不发，才艺不能得到充分发挥。

梅花道人生活在元代战乱之际，能保全性命已是万幸，哪还有机会施展自己的才艺。好在作者领略到其画竹之妙，书法之精，梅花道人总算在三百年后，遇到了能读懂自己的知音。

跋徐青藤①小品画

唐太宗曰:"人言魏徵崛强,朕视之更觉妩媚耳。"②崛强之与妩媚,天壤不同,太宗合而言之,余蓄疑颇久。今见青藤诸画,离奇超脱,苍劲中姿媚跃出,与其书法奇崛略同。太宗之言,为不妄矣。故昔人谓"摩诘之诗,诗中有画,摩诘之画,画中有诗"③,余亦谓青藤之书,书中有画,青藤之画,画中有书。

【注释】

①徐青藤:即徐渭,字文清,后改字文长,别号青藤、天池等。

②"唐太宗曰"三句:典出《新唐书·魏徵传》:"帝大笑曰:'人言徵举动疏慢,我但见其妩媚耳。'"魏徵,唐太宗时大臣,曾任谏议大夫、左光禄大夫等,以直谏敢言著称。

③"故昔人谓"五句:语出苏轼《书摩诘蓝田烟雨图》:

"味摩诘之诗,诗中有画;观摩诘之画,画中有诗。"摩诘,即唐代诗人王维,字摩诘。

【赏读】

徐渭的才艺人所共知,时人称其"行奇,遇奇,诗奇,文奇,画奇,书奇,而词曲为尤奇"。(磊砢居居士《四声猿跋》)《明史》亦盛赞其"天才超轶,诗文绝出伦辈。善草书,工写花草竹石"。但是张岱却从其小品画中读出了奇中有媚的一面,如同史上魏徵的"崛强"中带着"妩媚",并由此联想到徐渭的书法,得出了"书中有画""画中有书"的结论。这个结论化用苏轼的"诗中有画""画中有诗"之语,但内涵不同。张岱精鉴书画,对徐渭的解读与众不同,更深了一层。

跋谑庵①五帖

天下之有意为好者,未必好,而古来之妙书妙画,皆以无心落笔,骤然得之。如王右军②之《兰亭记》,颜鲁公之《争坐帖》③,皆是其草稿,后虽摹仿再三,不能到其初本。今观谑庵《五帖》,皆陆癯庵④见其醉中属草,就手攫得之者也。纬止⑤珍爱,亦如萧翼赚出《兰亭》⑥,掩藏疾走,试展卷开看,亦见山花能遍地发否⑦?

【注释】

①谑庵:即王思任,字季重,号谑庵。明末文学家。

②王右军:即王羲之,因曾任右军将军,后人称其为王右军。晋代著名书法家。

③颜鲁公:即颜真卿,唐代著名书法家。官至吏部尚书。因被封鲁郡开国公,也称颜鲁公。《争坐帖》:即《争坐位帖》,颜真卿行书代表作,与《祭侄文稿》《告伯父文稿》被称为"颜书三绝"。真迹已佚。

④陆瘟庵：张岱好友，张岱曾为其写诗《寿陆瘟庵八十》。

⑤纬止：即谢纬止。张岱好友，张岱曾为其写《谢纬止砚山铭》《谢纬止斋头秋兰》二诗。

⑥萧翼赚出《兰亭》：典出何延之《兰亭记》，王羲之《兰亭序》传至后人智永，智永再传弟子辩才。辩才珍藏，秘不示人。唐太宗求之不得，派萧翼设计骗走。赚（zuàn），欺骗。

⑦"亦见"句：典出张怀瓘《书议》："（王献之书）若风行雨散，润色开花，笔法体势之中最为风流者也。"另据张岱《古兰亭辨》一文云："兰亭真本，辨才死守，什袭藏之，不许人见。后被萧翼赚出，走至半途，袖中偷看，遍地花开。"

【赏读】

张岱精于书画一道，身边好友有不少收藏名家，他自己的书画藏品也很丰富，因而其品鉴往往能切中肯綮，一语道破。

这篇文章不过一百多字，却通过对王思任书法的赏鉴提出一个具有规律性的议题，那就是刻意追求的东西未必最好，无意得之的东西往往妙手天成，无论是王羲之的《兰亭序》，还是颜真卿的《争坐帖》，皆是如此。

其实不光是书画，文学创作也是如此，平时努力训练是为了出精品妙品,但精品妙品却偏偏成于不经意之间,这就是艺术创作的奇妙之处。细细想来,艺术创作如此,人生不也是如此吗,有心栽花,偏偏成于无心插柳。

南镇祈梦[①]

万历壬子,余年十六,祈梦于南镇梦神之前,因作疏[②]曰:

爰自混沌谱[③]中,别开天地;华胥国[④]里,早见春秋。梦两楹[⑤],梦赤舃[⑥],至人不无;梦蕉鹿[⑦],梦轩冕[⑧],痴人敢说。惟其无想无因,未尝梦乘车入鼠穴,捣齑啖铁杵[⑨];非其先知先觉,何以将得位梦棺器,得财梦秽矢[⑩]。正在恍惚之交,俨若神明之赐。某也蹩躠偃潴,轩鬻樊笼[⑪],顾影自怜,将谁以告?为人所玩,吾何以堪。一鸣惊人,赤壁鹤[⑫]耶?局促辕下,南柯蚁[⑬]耶?得时则驾,渭水熊[⑭]耶?半榻蓬除,漆园蝶耶?[⑮]神其诏我,或寝或吪;我得先知,何从何去。

"择此一阳[⑯]之始,以祈六梦[⑰]之正。功名志急,欲搔首而问天;祈祷心坚,故举头以抢地。轩辕氏圆梦鼎湖[⑱],已知一字而有一验;李卫公[⑲]上书西岳,可云三问而三不灵。肃此以闻,惟神垂鉴。"

【注释】

①南镇祈梦：绍兴习俗，除夕之夜，民众到南镇殿内夜宿，梦中可占吉凶，据说很是灵验。南镇，会稽山，在今浙江绍兴，因在我国五大镇山中位居南镇，故称。

②疏：一种求神时焚化的祈祷文。

③混沌谱：据《仙佛奇踪》记载，陈抟在华山修行时，"一日，有客过访，适值其睡。旁有一异人，听其息声，以墨笔记之，满纸糊涂莫辨。客怪而问之。其人曰：'彼先生华胥调，此混沌谱也。'"华胥、混沌，皆指梦境。

④华胥国：古代传说中的国家。常以其代称梦境。

⑤梦两楹：典出《礼记·檀弓上》，孔子梦见自己"坐奠于两楹之间"，预感到自己将不久于人世，后"寝疾七日而没"。

⑥梦赤舄（xì）：秦始皇东巡至海，闻千岁翁安期生之名，请见与语三日三夜，临别赐给金银珠宝数千万，安期生将宝物悉数弃置在阜乡驿亭内，留书以赤玉舄一双为报，飘然而往蓬莱仙境。见《列仙传》卷上。赤舄，古代君王贵族所穿的礼鞋。

⑦梦蕉鹿：指梦见获财之事。典出《列子·周穆王》："郑人有薪于野者，遇骇鹿，御而击之，毙之。恐人见之也，遽而藏诸隍中，覆之以蕉，不胜其喜。俄而遗其所藏之处，遂以为梦焉。"蕉，通"樵"。

⑧轩冕：古代大夫所用的车乘和冕服，借指官位爵禄。

⑨"惟其"三句：典出《世说新语》："卫玠总角时，问乐令'梦'，乐云'是想'。卫曰：'形神所不接而梦，岂是想邪？'乐云：'因也。未尝梦乘车入鼠穴，捣齑啖铁杵，皆无想无因故也。'"

⑩"何以"二句：典出《世说新语》："人有问殷中军：'何以将得位而梦棺器，将得财而梦矢秽？'殷曰：'官本是臭腐，所以将得而梦棺尸；财本是粪土，所以将得而梦秽污。'"

⑪"某也蹞跜"二句：表示陷入困境。蹞跜（kuí ní），盘曲蠕动的样子。偃潴（zhū），泥潭、水洼。轩翥（zhù），高飞。

⑫赤壁鹤：典出苏轼《后赤壁赋》："时夜将半，四顾寂寥。适有孤鹤，横江东来。翅如车轮，玄裳缟衣，戛然长鸣，掠予舟而西也。须臾客去，予亦就睡。梦一道士，羽衣翩跹，过临皋之下。"

⑬南柯蚁：这里用的是"南柯一梦"的典故。见唐李公佐《南柯太守传》。

⑭渭水熊：指姜太公吕尚。此用姜太公垂钓事。周文王夜梦飞熊至殿下，后果得姜尚，时姜尚正在渭水之滨垂钓。事见《武王伐纣平话》《封神演义》等。

⑮"半榻"二句：典出《庄子·齐物论》："昔者庄周梦为蝴蝶，栩栩然蝴蝶也。自喻适志与，不知周也。俄然

觉，则蘧蘧然周也。不知周之梦为蝴蝶与，蝴蝶之梦为周与？周与蝴蝶，则必有分矣。此之谓物化。"

⑯一阳：冬至，俗语有"冬至一阳生"之说。

⑰六梦：语出《周礼·春官·占梦》："以日月星辰占六梦之吉凶：一曰正梦，二曰噩梦，三曰思梦，四曰寤梦，五曰喜梦，六曰惧梦。"

⑱"轩辕氏"句：据《史记·封禅书》载，黄帝采首山铜铸鼎于荆山下，鼎铸成之后，有龙来迎接黄帝上天，后宫和重臣几千人随之而去，人们称荆山下的湖为鼎湖。轩辕氏，黄帝，传说中的上古帝王。

⑲李卫公：即李靖，唐初名将，因曾被封卫国公，世称李卫公。李靖曾作《上西岳书》，质问西岳，为何天下大乱，西岳神不显灵，为何自己不被重用，生活又不安定，文末说"终陈击鼓，若三问不对，亦何神之有灵"，文辞慷慨激昂。

【赏读】

这篇疏文写于万历壬子即万历四十年（1612），作者时年十六。他引经据典，写得文采飞扬，可见其知识之渊博，才华之卓越。

这确实是一个做梦的年龄，对未来充满憧憬，只是不知道他所祈得的梦中，有无改朝换代的预示、国破家亡的先兆。

张灯致语^①

崇祯庚辰^②岁闰正月，与越中父老约重张五夜灯^③，余作张灯致语曰：

"两逢元正^④，岁成闰于摄提之辰^⑤；再值孟陬^⑥，天假人以闲暇之月。《春秋传》^⑦详记二百四十二年事，春王正月，孔子未得重书^⑧；开封府更放十七、十八两夜灯，乾德五年，宋祖犹烦钦赐^⑨。兹闰正月者，三生奇遇，何幸今日而当场；百岁难逢，须效古人而秉烛^⑩。

"况吾大越，蓬莱福地，宛委洞天。大江以东，民皆安堵；遵海而北，水不扬波。含哺嬉兮^⑪，共乐太平之世界；重译^⑫至者，皆言中国有圣人。千百国来朝，白雉之陈无算^⑬；十三年于兹，黄耇之说有征^⑭。乐圣衔杯^⑮，宜纵饮屠苏^⑯之酒；较书分火，应暂辍太乙之藜^⑰。

"前此元宵，竟因雪妒，天亦知点缀丰年；后来灯夕，欲与月期，人不可蹉跎胜事。六鳌^⑱山立，只说飞来东武⑲,使鸡犬不惊;百兽⑳室悬,毋曰下守海澨㉑,唯鱼鳖是见。笙箫聒地,竹槎㉒出自柯亭;花草盈街,禊帖携来兰渚㉓。士女潮涌,撼动蠡城㉔;车马雷殷,唤醒龙屿㉕。况时逢丰穰,呼庚呼癸㉖,一岁自兆重登;且科际辰年㉗,为龙为光㉘,两榜必征双首。莫轻此五夜之乐,眼望何时?试问那百年之人,躬逢几次?敢祈同志,勿负良宵。敬藉赫蹄㉙,喧传口号。"

【注释】

①张灯致语:《陶庵梦忆》中又名《闰元宵》。

②崇祯庚辰:崇祯十三年(1640)。

③五夜灯:相传自宋朝起,民间习俗约定元宵前后放灯五夜,称五夜灯。

④元正:正月元旦。

⑤摄提之辰:指古代岁星纪年中十二辰之寅,即寅年。《楚辞·离骚》:"摄提贞于孟陬兮,惟庚寅吾以降。"王逸注:"太岁在寅曰摄提格。"

⑥孟陬(zōu):孟春正月。正月为陬,又为孟春月,故称。《楚辞·离骚》:"摄提贞于孟陬兮,惟庚寅吾以降。"王逸注:"孟,始也。贞,正也。正月为陬。"

⑦《春秋传》:先秦时期的一部编年体史书,相传为孔子所作,主要记载鲁隐公元年到鲁哀公十四年共242年间的历史。

⑧"春王"二句：《春秋》系年，鲁新君即位，例书"元年春，王正月"，但同一个国君在位未见重书者。

⑨"开封府"三句：典出宋王栐（yǒng）《燕翼诒谋录》："国朝故事，三元张灯。太祖乾德五年正月甲辰诏曰：'上元张灯，旧止三夜，今朝廷无事，区宇乂（yì）安，方当年谷之丰登，宜纵士民之行乐，其令开封府更放十七、十八两夜灯。'后遂为例。"

⑩秉烛：秉烛夜游、及时行乐的意思。《古诗十九首》："昼短苦夜长，何不秉烛游！"

⑪含哺嬉兮：语出《庄子·马蹄》："含哺而熙，鼓腹而游，民能以此矣。"含哺，口中含着食物，形容人民生活安乐。熙，同"嬉"。

⑫重译：谓远方殊俗，道路绝远，言语不通，需辗转翻译。

⑬白雉：白色羽毛的野鸡，古时以之为瑞鸟。《尚书大传》："周公居摄六年，制礼作乐，天下和平。越裳以三象重译而献白雉。"陈：陈列。无算：不计其数。

⑭"十三年"二句：用《史记·留侯世家》中张良与黄石公之事。黄石公对张良说，十年后西汉会兴起。十三年后，两人相见，印证了黄石公的预言。本文中此年适逢崇祯帝即位十三年，张岱借此典故说明国家势力强盛，社会太平。

⑮乐圣衔杯：典出唐李适之《罢相作》："避贤初罢相，

乐圣且衔杯。为问门前客,今朝几个来?"杜甫《饮中八仙歌》亦有"左相日兴费万钱,饮如长鲸吸百川,衔杯乐圣称避贤"之语。乐圣,代指嗜酒。

⑯屠苏:屠苏酒,酒名。古代习俗,每年的农历正月初一,全家人在一起饮屠苏酒。

⑰"较书"二句:用晋王嘉《拾遗记》中刘向与太乙真人事。张岱《夜航船》载:"青藜照读:元夕,人皆游赏,独刘向在天禄阁校书。太乙真人以青藜杖燃火照之。"较,通"校",校订、校勘。太乙之藜,这里形容夜读或勤学。

⑱六鳌(áo):传说中负载五座仙山的六只大龟。

⑲东武:东武山,又称龟山、怪山、塔山。据《吴越春秋》记载:"城既成,而怪山自至。怪山者,琅琊东武海中山也,一夕自来,百姓怪之,故名怪山;形似龟体,故谓龟山。"

⑳百兽:这里指代各种彩灯。

㉑海澨(shì):海滨。

㉒"竹椽"句:相传汉代蔡邕用柯亭竹制作的笛子,声音独绝,后以柯亭笛代指美笛。

㉓"禊帖"句:指兰亭雅集事。禊(xì)帖,王羲之《兰亭集序》。

㉔蠡城:春秋时越国都城,因范蠡而得名。代指绍兴。

㉕龙屿:龙山,即卧龙山,在今浙江绍兴。

㉖呼庚呼癸:呼庚癸谓丰年粮食充足。典出《左传·哀

公十三年》。张岱《夜航船》介绍:"呼庚癸:吴申叔仪乞粮于晋,公孙有山氏对曰:'梁则无矣,粗则有之。若登首山,以呼曰庚癸乎,则诺。'庚,西方,主谷。癸,北方,主水。教以隐语也。"

㉗科际辰年:辰年为科考之年。此指崇祯庚辰十三年(1640)会试。

㉘为龙为光:语出《诗经》:"既见君子,为龙为光。"指皇帝给予的恩宠和荣光。

㉙赫蹏:古代用以写字的小幅绢帛,后亦以代纸。《夜航船》中载:"赫蹏,薄小纸也。《西京杂记》称薄蹏。"

【赏读】

平日没有节庆都要找理由欢聚,何况是遇到闰正月,一年两度元宵,确实是百年难得的奇遇,更是要大张旗鼓地庆祝一下。

此时的绍兴正值太平盛世,人民富足,于是就有了重张五夜灯的雅事。作者不仅为放灯忙乎,还蛮有兴致地写了这篇致语。文中用了很多典故,文采华缛,令人有眼花缭乱之感。

斗茶檄①

水淫茶癖,爰有古风;瑞草雪芽,素称越绝。特以烹煮非法,向来葛灶②生尘;更兼赏鉴无人,致使羽《经》③积蠹。迩者择有胜地,复举汤盟④,水符递自玉泉,茗战⑤争来兰雪。瓜子炒豆,何须瑞草桥边⑥;橘柚查梨,出自仲山囷内⑦。八功德水,无过甘滑香洁清凉⑧;七家常事,不管柴米油盐酱醋。一日何可少此,子猷竹庶可齐名⑨;七碗吃不得了,卢仝茶不算知味⑩。一壶挥麈,用畅清谈;半榻焚香,共期白醉⑪。

【注释】

①张岱在《陶庵梦忆》中收录这篇檄文,并介绍写作缘起:"崇祯癸酉,有好事者开茶馆,泉实玉带,茶实兰雪,汤以旋煮,无老汤,器以时涤,无秽器,其火候、汤候,亦时有天合之者。余喜之,名其馆曰'露兄',取米颠'茶甘露有兄'句也。为之作《斗茶檄》。"

②葛灶:葛洪炼丹的炉灶。

③羽《经》：唐代陆羽《茶经》。

④汤盟：汤社。《夜航船》载："汤社：和凝在朝，率同列递日以茶相饮，味劣者有罚，号为汤社。"

⑤茗战：斗茶。《夜航船》载："茗战：建人以斗茶为茗战。"

⑥"瓜子炒豆"二句：典出苏轼《与王元直》："但有少望，或圣恩许归田里，得款段一仆，与子众丈、杨文宗之流，往来瑞草桥，夜还何村，与君对坐庄门，吃瓜子炒豆，不知当复有此日否？"

⑦"橘柚查梨"二句：苏轼《胜相院经藏记》中有"自蜜及甘蔗，查梨与橘柚，说甜而得酸，以及咸辛苦"之语，或为此典出处。一说典出《世说新语》："秣（mò）陵有哀仲家梨，甚美，大如升，入口消释。"

⑧"八功德水"二句：佛教认为阿弥陀佛极乐净土池中的水有八种功德。《夜航船》载："八功德水：一清、二冷、三香、四柔、五甘、六净、七不噎、八除病。北京西山、南京灵谷，皆取此义。"

⑨"一日"二句：典出《世说新语》："王子猷尝暂寄人空宅住，便令种竹。或问：'暂住，何烦尔？'王啸咏良久，直指竹曰：'何可一日无此君？'"

⑩"七碗"二句：语出卢仝《走笔谢孟谏议寄新茶》：一碗喉吻润，两碗破孤闷；三碗搜枯肠，惟有文字五千卷；四碗发轻汗，平生不平事，尽向毛孔散；五碗肌骨清，六碗

通仙灵;七碗吃不得也,惟觉两腋习习清风生。

⑪白醉:浮白大醉。浮白原为罚酒,后指畅饮。

【赏读】

这篇《斗茶檄》,可以看作是张岱为露兄茶馆撰写的广告词,句句文雅,字字新奇。张岱精于茶道,对茶叶及泉水的品鉴有着极高的水准,能得到他如此高的评价,也是很不容易的。

茶看起来也像柴米油盐一样,都是生活必需品,但讲究起来,可以达到艺术的境界,这正是中国人的审美之道,既可以将日常生活艺术化,也可以将艺术日常生活化,总之,生活和艺术之间没有必然的界限,艺术既是一种追求,也是一种生活方式。

迎一金和尚启^①

九里山表胜庵^②成，迎一金和尚还山住持者。伏以丛林表胜，惭给孤之大地布金^③；天瓦安禅^④，冀宝掌自五天飞锡^⑤。重来石塔，戒长老特为东坡^⑥；悬契松枝，万回师却逢西向^⑦。去无作相，住亦随缘。

伏惟九里山之精蓝^⑧，实是一金师之初地。偶听柯亭之竹笛，留滞人间；久虚石屋之烟霞，应超尘外。譬之孤天之鹤，尚眷旧枝；相彼弥空之云，亦归故岫。况兹胜域，宜兆异人，了^⑨住山之因缘，立开堂之新范。护门容虎，洗钵归龙^⑩。茗得先春，仍是寒泉风味；香来破腊，依然茅屋梅花。半月岩^⑪似与人猜，请大师试为标指^⑫；一片石正堪对语^⑬，听生公说到点头^⑭。敬藉山灵，愿同石隐。倘静念结远公之社^⑮，定不攒眉；若居心如康乐^⑯之流，自难开口。立返山中之驾，看回湖上之船，仰望慈悲，俯从大众。

【注释】

①一金和尚：明隆庆、万历间僧人。张岱祖父张汝霖与其交往甚密。启：一种比较正式的书信。

②表胜庵：张岱祖父张汝霖为一金和尚所建寺院。祁彪佳《越中园亭记》载："表胜，庵也，而列之园，则张肃之先生精舍在焉。山名九里，以越盛时笙歌闻于九里，故名。渡岭穿溪，至水尽路穷而庵始出。"

③"惭给孤"句：传说古印度憍萨罗国给孤独长者购买太子祇陀的园林，以赠释迦，让其在此说法。太子说，如能用黄金将地面铺满，便将此园相让。给孤独长者依言用黄金铺地，感动太子。后此园以两人名字命名为"祇树给孤独园"。

④天瓦：即天瓦山房，在表胜庵下，背负绝壁。安禅：指僧人入定。

⑤宝掌：古印度高僧。五天：即五天竺，指古印度。古代印度有东天竺、南天竺、西天竺、北天竺、中天竺。飞锡：指僧人云游四方。因其出行多执锡杖，故云。

⑥"重来"二句：苏轼《重请戒长老住石塔疏》有云"众生各自开堂，何关石塔之事。……念西湖之久别，本是偶然；为东坡而少留，无不可者"。戒长老，北宋高僧，名戒弼。博通佛儒，工诗善书。

⑦"悬契"二句：此用唐代万回视兄事。万回为唐朝高

僧，其兄久戍安西，父母十分想念。万回便去看望兄长，他早上出发，晚上就返回家，告诉父母说兄长很好，还带来了其兄的亲笔信。万回的家到安西有万余里，而其一日便回，故号曰万回。

⑧九里山：在绍兴城南。精蓝：佛寺。

⑨了：了结，结束。

⑩洗钵归龙：《晋书·僧涉传》："僧涉者，西域人也，不知何姓。……能以秘祝下神龙，每旱，坚常使之咒龙请雨。俄而龙下钵中，天辄大雨。"

⑪半月岩：又称半月泉，在绍兴法华山天衣寺侧，泉隐岩下，虽月圆，池中只见其半。宋绍兴初，僧法聪凿开岩石，而成满月，人甚惜之。

⑫标指：批点，评点。

⑬一片石正堪对语：《夜航船》载："韩山一片石：庾信自南朝至北方，惟爱温子所作《韩山碑》。或问北方何如，信曰：'惟韩山一片石堪与语，余若驴鸣犬吠耳。'"

⑭"听生公"句：生公，即竺道生，晋末高僧，相传在苏州虎丘山讲经，石皆点头。

⑮远公之社：东晋元兴元年（402），高僧慧远曾与信徒一百多人在庐山结白莲社，倡导净土法门。

⑯康乐：谢灵运，出身名门望族，袭封康乐公。入宋，累官太子左卫率、永嘉太守，好游山水，不理政务。

【赏读】

据张岱在《陶庵梦忆》中介绍，这是他遵祖父之命所写的一篇启文，意在恭请一金和尚到表胜庵做住持，文中表达出对一金和尚的敬意和期待。

文章应当写于作者年轻时，虽然是官样应酬文章，但写得颇有文采，可见其文风的另一面。文中引用不少佛教掌故，用语繁丽，语气谨慎敬重，体现了张岱深厚的文笔功力。

丝社小启①

中郎音癖,《清溪弄》三载乃成②;贺令神交,《广陵散》千年不绝③。器由神以合道,人易学而难精。幸生岩壑之乡,共志丝桐④之雅。清泉磐石,援琴歌《水仙》之操⑤,便足怡情;涧响松风,三者皆自然之声,正须类聚。

偕我同志,爰立琴盟,约有常期,宁⑥虚芳日。杂丝和竹,因以鼓吹清音;动操鸣弦,自令众山皆响。非关匣里,不在指头,东坡老方是解人⑦;但识琴中,无劳弦上,元亮辈正堪佳侣⑧。既调商角⑨,翻信肉不如丝⑩;谐畅风神,雅羡心生于手。从容秘玩,莫令解秽于花奴⑪;抑按盘桓,敢谓倦生于古乐。共怜同调之友声,用振丝坛之盛举。

【注释】

①这篇小启见于《陶庵梦忆》,文前有说明:"越中琴客不满五六人,经年不事操缦,琴安得佳?余结丝社,月必三

会之。有小橄曰。"

②"中郎音癖"二句：中郎，即东汉著名文学家蔡邕，因曾任左中郎将，人称"蔡中郎"。蔡邕除通经史、善辞赋之外，还精通音律，尤擅琴道。据《太平御览》载，蔡邕在熹平年间曾入清溪访鬼谷先生，看到青溪山上有五曲，也就是山有五道弯，他每过一弯就做一首琴曲，创作了五首琴曲：《游春》《渌水》《幽居》《坐愁》《秋思》。这五首琴曲合称为《蔡氏五弄》或《清溪弄》，成为传世名曲。

③"贺令神交"二句：典出《幽明录》："会稽贺思令善弹琴，尝夜在月中坐，临风抚奏。忽有一人，形器甚伟，着械，有惨色，至其中庭，称善，便与共语。自云是嵇中散。谓贺云：'卿下手极快，但于古法未合。'因授以《广陵散》。贺因得之，于今不绝。"

④丝桐：琴。古人多用桐木制琴，用丝做琴弦，故有此称。

⑤《水仙》之操：即《水仙操》，古琴名。相传，伯牙学琴于成连先生，成连先生为了让伯牙更好地领悟琴道，引他到东海边，他"延望无人，但闻海水洞涌，山林杳冥，怆然叹曰：'先生移我情矣！'乃援琴而歌，作《水仙》之操"。（《乐府题解·水仙操》）

⑥宁：岂，难道。

⑦"非关"三句：语出苏轼《琴诗》："若言琴上有琴声，放在匣中何不鸣？若言声在指头上，何不于君指上听？"此三句化用其诗。

⑧ "但识"三句：语出《晋书·隐逸传》："（陶潜）性不解音，而畜素琴一张，弦徽不具，每朋酒之会，则抚而和之，曰：'但识琴中趣，何劳弦上声。'"元亮即陶渊明，字元亮。

⑨ 商角：宫、商、角、徵、羽是我国古代音阶中的五音。商角在这里泛指音乐。

⑩ 肉不如丝：美妙的歌喉不如乐器演奏悦耳动听。人们通常说丝不如竹，竹不如肉，作者这里是反其意而用之。

⑪ 解秽于花奴：典出唐南卓《羯鼓录》："上（唐玄宗）性俊迈，酷不好琴。曾听弹琴，正弄未及毕，叱琴者出，曰：'待诏出去！'谓内官曰：'速召花奴，将羯鼓来，为我解秽。'"花奴，唐汝阳王李琏的小名，善击羯鼓，尤得唐玄宗喜爱。

【赏读】

绍兴一带人杰地灵，文化底蕴丰厚，但此地琴艺不振，琴客才不过五六人，所以张岱就想出结琴社的办法来鼓励同好者，此文就是结社的倡议书。

文中列举了历代精通琴道的名人，用蔡邕、嵇康、伯牙的典故，说明琴艺的高雅和弹琴的重要性，用苏轼、陶渊明的典故，说明即便不擅琴技，但能领悟琴道，达到心神与琴意相合，也是真正的琴人。最后以"共怜同调之友声，用振丝坛之盛举"作结，指出立社的目的和期望的前景，颇见其豪情。

游山小启

幸生胜地,鞋靸①间饶有山川;喜作闲人,酒席间只谈风月。野航恰受,不逾两三②;便榼③随行,各携一二。僧上凫④下,觞止茗生。谈笑杂以诙谐,陶写⑤赖此丝竹。兴来即出,可趁樵风⑥;日暮辄归,不因剡雪⑦。愿邀同志,用续前游。

凡游以一人司会,备小船、坐毡、茶点、盏箸、香炉、薪米之属。每人携一篮⑧一壶二小菜。游无定所,出无常期,客无限数。过六人则分坐二舟,有大量则自携多酿。

约　日游　舟次

右启某老先生有道。司会某具。

【注释】

①鞋靸(sǎ):一种草制的拖鞋,这里泛指鞋子。

②"野航"二句:语出杜甫《南郊》:"秋水才深四五尺,野航恰受两三人。"野航,小船。受,承受、承载。

③榼(kē)：装酒菜的容器。

④凫(fú)：野鸭。

⑤陶写：陶冶性情，宣泄苦闷。写，通"泻"。

⑥樵风：顺风，好风。典出《后汉书·郑弘传》。

⑦剡(shàn)雪：典出《世说新语》王子猷雪夜访戴事。《夜航船》载："剡溪雪：王子猷居山阴，于雪夜棹小舟往剡溪访戴安道，未到门而返。仆问之，答曰：'乘兴而来，兴尽而返，何必见戴？'"剡，地名，在今浙江嵊州。

⑧簋(guǐ)：旧时盛放食物的器具。

【赏读】

这是张岱写给朋友们的一封书信，邀请大家游山。本文写得很是风趣，也颇见才情，从中可见晚明时期文人生活之一斑。

大家结伴而游，图的就是个开心，没有太多的约束，时间、地点、人数之类，都没有限定，完全凭兴致。但出发前的准备则一丝不苟，否则两手空空，没吃没喝，哪里还有什么雅兴。

上王谑庵年祖^①

向年搜刻青藤^②佚稿,年祖曾语岱,选青藤文,如拾孔雀翎^③,只当拾其金翠,弃其凡羽。岱以年少,务在求多,不能领略。今见佚稿所收,颇多率笔,意甚悔之。今二集俱在,求年祖大加删削。岱谓幕中^④代笔,如《白鹿表》^⑤之类,悉应删去,使后人追想高文,如王勃《斗鸡檄》^⑥,其妙处正在想象之间。此岱愚见及此,不识有当于尊意否也。幸践夙言^⑦,以救前失。

【注释】

①王谑庵:即王思任,字季重,晚号谑庵。山阴(今浙江绍兴)人。明代文学家。他与张岱的祖父张汝霖为同年进士,且二人过从甚密。年祖:科举时代对与祖父同年登科者的尊称。

②青藤:即徐渭,号青藤道士。明中期文学家、书画家。著有《徐文长全集》《徐文长佚稿》等。

③孔雀翎:孔雀的尾羽。

④幕中:幕僚,幕客。

⑤《白鹿表》:徐渭入胡宗宪幕府掌文书时,为胡宗宪作《进白鹿表》,受到皇帝的赏识。

⑥王勃:唐代诗人,与杨炯、卢照邻、骆宾王并称初唐四杰。《斗鸡檄》:王勃见诸王在一起斗鸡取乐,戏为《檄英王鸡》文,因此得罪唐高宗李治,不得重用。

⑦践夙言:履行过去的诺言。

【赏读】

这封信是谈徐渭佚稿问题的。张岱早年受徐渭影响较大,对其佚稿广为搜罗,力求其全。而王思任建议他选收其中一部分,力求其精。张岱将佚稿搜罗齐备之后,发现其中一些写得并不好,觉得王思任说的有道理,请他帮助删削。

这个问题是为前人编印文集时经常遇到的问题,如果只想展示其成就,自然是精选代表作;如果为保存文献,当然是越全越好。这不是一个是与非的问题,要看编印的目的为何。

与陈章侯①

晓起,简笥中有章侯未完之画,百有十帧。一日完一帧,亦得百有十日,况其中笔墨精工,有数十日不能完一帧者。计其岁月,屈指难尽,弟见之,徒有浩叹而已。

文与可②画竹,见人多持缣素③而请者,与可厌之,投诸地而骂曰:"吾将以为袜!"缣素纯白,尚中袜材。兄所遗绢,涂抹殆遍,一幅鹅溪④,不堪为妇作裈⑤。弟之双荷叶又不善收藏,以此无用之物,虽待添丁长付之,无益也。兄将何法,用以处我?⑥

【注释】

①陈章侯:即陈洪绶,字章侯,号老莲。诸暨(今浙江诸暨)人。明末著名书画家。书法遒劲,善画山水,尤工人物。张岱引为"字画知己"。

②文与可:即文同,字与可。北宋画家。永泰(今四川盐亭)人。善画山水,尤长墨竹。

③缣（jiān）素：供书画用的白绢。

④鹅溪：即鹅溪绢，一种产于四川盐亭鹅溪的绢帛。唐代为贡品，宋人书画尤重之。

⑤裈（kūn）：裤子。

⑥"弟之"六句：张岱《张子文秕》文末有注："双荷叶，耘老妾；添丁长，耘老子。"典出苏轼词作《双荷叶（湖州贾耘老小妓名双荷叶）》及苏轼《答贾耘老》（之四）："终君之世者，便以赠之；不尔者，可令双荷叶收掌，须添丁长以付之也。"双荷叶，代指妻子。丁长：代指儿子。

【赏读】

张岱与陈洪绶趣味相投，往来密切，在文章中会不时提及陈洪绶。

这封信实际上是一封催稿信。张岱早上起来，发现自己那里有一百多幅陈洪绶未完成的画作。在信中，他先是虚晃一枪，说这些画"笔墨精工"，然后用文同的典故开了一个玩笑，埋怨陈洪绶送的这些绢帛都被涂抹了，既不能为妻子做衣服，也不能留给孩子用。最后把难题留给陈洪绶："兄将何法，用以处我？"

看到老朋友这封信，陈洪绶还有什么好说的，应该会赶紧把这些未完稿画完吧。

与祁世培①

造园亭之难，难于结构，更难于命名。盖命名俗则不佳，文又不妙。名园诸景，自辋川②之外，无与并美。即萧伯玉春浮③之十四景，亦未见超异。而王季重④先生之绝句，又只平平。故知胜地名咏，不能聚于一处也。西湖湖心亭四字扁，隔句对联，填楣盈栋。张钟山欲借咸阳一炬，了此业障。果有解人，真不能消受此俗子一字也。

寓山⑤诸胜，其所得名者，至四十九处，无一字入俗，到此地步大难。而主人自具摩诘⑥之才，弟非裴迪⑦，乃令和之，鄙俚浅薄，近且不能学王谑庵，而安敢上比裴秀才哉！丑妇免不得见公姑，腼焉呈面，公姑具眼⑧，是妍是丑，其必有以区别之也。草次不尽。

【注释】

①祁世培：即祁彪佳，字虎子，号世培，别号远山堂主人。明末散文家、戏曲家。山阴（今浙江绍兴）人。著有

《远山堂曲品》《寓山注》《越中园亭记》等。

②辋川：即辋川别业，唐代诗人王维在辋川山谷营建的一处园林。

③萧伯玉：即萧士玮，字伯玉。泰和（江西泰和）人。明末清初文学家。历任吏部郎中、光禄寺卿。著有《春浮园集》等。春浮：即春浮园，萧士玮所建园林。

④王季重：即王思任，字季重，号遂东、谑庵。山阴（今浙江绍兴）人。明末文学家。

⑤寓山：祁彪佳的一处私家园林，在今浙江绍兴。

⑥摩诘：唐代诗人王维，字摩诘。

⑦裴迪：唐代诗人。曾与王维、崔兴宗居于终南山，终日作诗唱和。

⑧具眼：鉴别，辨识。

【赏读】

张岱精于造园，其好友祁彪佳同样也是造园高手，祁彪佳作有《越中园亭记》。两位高手探讨造园问题，自然是十分精彩。

张岱说，造园之难在结构，更难于命名，好的名字可以为亭台园林增色。《红楼梦》中曹雪芹就借贾政之口说过："若大景致，若干亭榭，无字标题，任是花柳山水，也断不能生色。"

寓园是祁彪佳的一处私家园林，祁彪佳对园林景致的命名颇具匠心,"寓山诸胜,其所得名者,至四十九处,无一字入俗"。寓园建筑有水明廊、读易居、溪山草阁、太古亭、妙赏亭、志归斋、酣漱廊、烂柯山房、试莺馆、远山堂、八求楼等名目,可谓风雅别致,情趣盎然。

与胡季望

金陵闵汶水①死后,茶之一道绝矣。绍兴惟鲁云谷②略晓其意,然无力装载阳和山泉③,恒以天泉假充玉带④,则茶香不能尽发。且以做茶日铸⑤,全靠本山之人,是犹三家村子⑥,使之治山珍海错,烹饪燔炙,一无是处。明眼观之,只发一粲。

盖做茶之法,俟风日清美,茶须旋采;抽筋摘叶,急不待时;武火杀青,文火炒熟。穷日之力,多则半斤,少则四两,一锅一小锡罐盛之。煮水尝试,其香味一样,则合成一瓶。如一锅焦臭,则不可搀和;倘杂一片,则全瓮败坏矣。瑞草、雪芽⑦,其托胎具在于此。吾兄精于茶理,故向兄言之。

且吾兄家多建兰、茉莉,香气熏蒸,纂入茶瓶,则素瓷静递,间发花香。此则吾兄独擅其美,又非弟辈所能几及者矣。异日缺月疏桐,竹炉汤沸,弟且携家制雪芽,与兄茗战,并驱中原,未知鹿死谁手也。临楮⑧一笑。

【注释】

①闵汶水:安徽休宁人,在南京桃叶渡摆摊卖茶,其所制茶叶被称为"闵茶",受到当时士人推崇。

②鲁云谷:与张岱相熟的一位名医,张岱有《鲁云谷传》一文,曰:"云谷深于茶理,相知者日集试茶,纷至沓来,应接不暇。"

③阳和山泉:绍兴阳和岭所产泉水,也称玉带泉。

④天泉:雨水或雪水。玉带:即阳和泉。

⑤日铸:山名,在今浙江绍兴东南。以产茶著称,所产之茶以"日铸"为名,又称"日铸雪芽"。

⑥三家村子:人烟稀少、偏僻的小村庄。

⑦瑞草、雪芽:都是绍兴所产的名茶。

⑧临楮(chǔ):临纸。楮,纸,多指信笺。

【赏读】

这是张岱写给朋友胡季望的一封信札,除这封信外,张岱还写有诗作《胡季望母吕夫人八十》,可见两人交往应该比较密切。

胡季望也是精于茶道,否则作者不会期待与他"茗战",也不会用这么多笔墨和他讲求茶道。张岱精于品鉴,在文章中也曾多次谈及,其对精致生活的讲究,达到了艺术化的境界。

又与毅孺①八弟

前见吾弟选《明诗存》,有一字不似钟、谭②者,必弃置不取。今几社③诸君子,盛称王、李④,痛骂钟、谭。而吾弟选法,又与前一变,有一字似钟、谭者,必弃置不取。钟、谭之诗集仍此诗集,吾弟手眼仍此手眼,而乃转若飞蓬,捷如影响,何胸无定识,目无定见,口无定评,乃至斯极耶?

盖吾弟喜钟、谭时,有钟、谭之好处,尽有钟、谭之不好处,彼盖玉常带璞,原不该尽视为连城⑤;吾弟恨钟、谭时,有钟、谭之不好处,仍有钟、谭之好处,彼盖瑕不掩瑜,更不可尽弃为瓦砾。吾弟勿以几社君子之言横据胸中,虚心平气,细细论之,则其妍丑自见,奈何以他人之好尚为好尚哉?

况苏人⑥极有乡情,阿其先辈,见世人趋奉钟、谭,冷淡王、李,故作妒妇之言,以混人耳目。吾辈自出手眼之人,奈何亦受其溷乱耶?且吾浙人,极无主见,苏人所尚,极力摹仿。如一巾帻,忽高忽低;

如一袍袖,忽大忽小。苏人巾高袖大,浙人效之;俗尚未遍,而苏人巾又变低、袖又变小矣。故苏人常笑吾浙人为"赶不着"。诚哉,其赶不着也!

不肖生平崛强,巾不高低,袖不大小,野服竹冠,人且望而知为陶庵,何必攀附苏人,始称名士哉?故愿吾弟自出手眼,撇却钟、谭,推开王、李,毅孺、陶庵还其为毅孺、陶庵,则天下能事毕矣。学步邯郸,幸勿为苏人所笑。

【注释】

①毅孺:即张弘,字毅孺,张岱族弟。

②钟、谭:指明代文学家钟惺、谭元春,二人为竟陵派的创始人。竟陵派主张抒写"性灵",反对拟古之风。

③几社:明末文社,主要成员有陈子龙、夏允彝、徐孚远、何刚等。

④王、李:指明代文学家王世贞、李攀龙,二人为明代后七子的领袖。后七子主张复古拟古,强调"文必秦汉,诗必盛唐"。

⑤连城:比喻物品贵重。

⑥苏人:苏州一带的人。

【赏读】

　　这封信是写给族弟张弘的，两人关系密切，故作者的语气坦诚直率，简洁明快。张弘想编一部《明诗存》，按说这是一件好事，但他没有主见，竟陵派风行的时候全选这一派的作品，看到几社的人盛赞后七子的李攀龙、王世贞，态度又马上改变，将竟陵派的作品立即删汰。

　　作者对张弘的这一做法提出批评，指出这样做是"胸无定识，目无定见，口无定评"，"以他人之好尚为好尚"。道理很简单，正如作者所讲，竟陵派有其长处，也有其短板，不能走极端，全盘肯定或全盘否定。作者早年受竟陵派影响较大，但对竟陵派并不迷信。

　　最后作者说出自己的主张，那就是"自出手眼"，不受竟陵派影响，也不限于李攀龙、王世贞，按照自己的眼光去选择，这样才能选编一部客观公允、有态度有个性的《明诗存》。

自题小像①

功名耶落空,富贵耶如梦。忠臣耶怕痛,锄头耶怕重,著书二十年耶而仅堪覆瓮②。之③人耶有用没用?

【注释】

①小像:较小的画像。

②覆瓮:指著述没有价值,只能用来盖酒瓮。典出《晋书·左思传》:"此间有伧父,欲作《三都赋》,须其成,当以覆酒瓮耳。"

③之:这,这个。

【赏读】

这篇文章可以与张岱晚年所写《自为墓志铭》对读,从中可见其心迹的变化过程。从"著书二十年"这句话来看,他写这篇像赞时应在中年。面对自己的画像,内心还是很有感慨的。也参加过科考,但一无所成。所谓的富贵，不过是一场幻梦。当忠臣既没有机会，也没有敢于牺牲的勇气。按照古人三不朽的标准来看，自己既不能立德，又不能立功，也没能立言，似乎一无是处，自己活在这个世界上到底有什么用呢？

话说得很谦虚，也很悲观，但说得很从容，说明作者还是有志向，有自信的，否则他也就不会这么自嘲了。等到国破家亡，面临人生抉择之际，再回头看看这篇像赞，就会觉得是"为赋新词强说愁"。人生的得与失不可一概而论，也不是能提前预见到的。

自为墓志铭

蜀人张岱,陶庵其号也。少为纨绔子弟,极爱繁华,好精舍,好美婢,好娈童,好鲜衣,好美食,好骏马,好华灯,好烟火,好梨园,好鼓吹,好古董,好花鸟,兼以茶淫桔虐,书蠹诗魔,劳碌半生,皆成梦幻。

年至五十,国破家亡,避迹山居。所存者,破床碎几,折鼎病琴,与残书数帙、缺砚一方而已。布衣蔬食,常至断炊。回首二十年前,真如隔世。

常自评之,有七不可解:向以韦布①而上拟公侯,今以世家而下同乞丐,如此则贵贱紊矣,不可解一;产不及中人,而欲齐驱金谷②,世颇多捷径,而独株守於陵③,如此则贫富舛矣,不可解二;以书生而践戎马之场,以将军而翻文章之府,如此则文武错矣,不可解三;上陪玉皇大帝而不谄,下陪悲田院④乞儿而不骄,如此则尊卑溷矣,不可解四;弱则唾面而肯自干,强则单骑而能赴敌,如此则宽猛背矣,不可解五;夺利争名，甘居人后，观场游戏，肯让人先，如此则缓急谬矣，不可解六；博弈摴蒱⁵，则不知胜负，啜茶尝水，则能辨渑淄⁶，如此则智愚杂矣，不可解七。

有此七不可解，自且不解，安望人解？故称之以富贵人可，称之以贫贱人亦可；称之以智慧人可，称之以愚蠢人亦可；称之以强项⁷人可，称之以柔弱人亦可；称之以卞急⁸人可，称之以懒散人亦可。学书不成，学剑不成，学节义不成，学文章不成，学仙，学佛，学农，学圃，俱不成。任世人呼之为败子，为废物，为顽民，为钝秀才，为瞌睡汉，为死老魅也已矣。

初字宗子，人称石公，即字石公。好著书，其所成者，有《石匮书》《张氏家谱》《义烈传》《琅嬛文集》《明易》《大易用》《史阙》《四书遇》《梦忆》《说铃》《昌谷解》《快园道古》《傒囊十集》《西湖梦寻》《一卷冰雪文》行世。

生于万历丁酉⁹八月二十五日卯时，鲁国相大涤翁之树子也⑩，母曰陶宜人⑪。幼多痰疾，养于外大母马太夫人者十年。外太祖云谷公宦两广，藏生牛黄丸，盈数簏，自余囡地⑫以至十有六岁，食尽之而厥疾始瘳。

六岁时，大父雨若翁携余至武林⑬，遇眉公⑭先生跨一角鹿，为钱塘游客，对大父曰："闻文孙善属对⑮，吾面试之。"指屏上《李白骑鲸图》曰："太白骑鲸，采石⑯江边捞夜月。"余应曰："眉公跨鹿，钱塘县里打秋风。"眉公大笑，起跃曰："那得灵隽若此！吾小友也。"欲进余以千秋之业，岂料余之一事无成也哉！

甲申⑰以后，悠悠忽忽，既不能觅死，又不能聊生，白发婆娑，犹视息⑱人世。恐一旦溘先朝露⑲，与草木同腐，因思古人如王无功⑳、陶靖节㉑、徐文长㉒皆自作墓铭，余亦效颦为之。甫构思，觉人与文俱不佳，辍笔者再。虽然，第言吾之癖错，则亦可传也已。

曾营生圹于项王里之鸡头山㉓，友人李研斋㉔题其圹曰："呜呼有明著述鸿儒陶庵张长公之圹。"伯鸾㉕高士，冢近要离㉖，余故有取于项里也。明年，年跻七十，死与葬，其日月尚不知也，故不书。

铭曰：穷石崇，斗金谷；盲卞和，献荆玉；老廉颇，战涿鹿；赝㉗龙门㉘，开史局；馋东坡，饿孤竹㉙；五羖大夫㉚，焉肯自鬻？空学陶潜㉛，枉希梅福㉜。必也寻三外野人㉝，方晓我之衷曲。

【注释】

①韦布：即韦带布衣，旧时指平民的寒素服装。代指寒素之士、平民。

②金谷：指晋石崇金谷园，极其豪奢。

③於陵：古地名，在今山东邹平。战国时，齐人陈仲子以其兄食禄万钟为不义，隐居于於陵，号於陵仲子，楚王欲以为相，不就，与妻逃去，为人灌园。

④悲田院：旧时救济老弱废疾者的机构。佛家以供养父母为恩田，供佛为敬田，施贫为悲田，唐代设悲田养病坊。《夜航船》载："悲田院：《唐会要》曰：开元五年，宋、苏请建'悲田院'，使乞儿养病，给以廪食。亦曰'贫子院'。"

⑤博弈：下棋。摴蒱（chū pú）：古代一种赌博的游戏。投掷有颜色的五颗木子，以颜色决胜负。

⑥渑淄（miǎn zī）：渑水与淄水的并称，皆在今山东境内。战国时属齐。据说二水味异，合则难辨，唯有齐国易牙能辨其味。

⑦强项：形容秉性刚直，不肯低头屈服。

⑧卞急：性情急躁。

⑨万历丁酉：即万历二十五年（1597）。

⑩鲁国相：指张岱之父张耀芳，字尔弢，号大涤。曾为鲁藩长史司右长史，故称国相。树子：嫡长子。

⑪陶宜人：张岱母亲，为陶允嘉之女。宜人是明清时期给五品官员妻子的封号。

⑫因地：指出生。因，小孩子。

⑬雨若：张岱祖父张汝霖，号雨若。武林：旧时杭州的

别称。

⑭眉公：即陈继儒，字仲醇，号眉公。明代著名文学家、书画家。

⑮文孙：对他人孙子的美称。属对：诗文对仗。

⑯采石：即采石矶，在今安徽马鞍山西南。相传李白醉后在此处捞月，溺水而死。

⑰甲申：指明崇祯十七年（1644）。

⑱视息：只能用眼睛看，用鼻子呼吸，意思是苟且偷生。

⑲溘（kè）先朝露：生命消失得比朝露还快。形容死得过早。溘，忽然。

⑳王无功：即王绩，字无功，写有《自作墓志文》。

㉑陶靖节：陶渊明，死后私谥靖节，写有《自祭文》。

㉒徐文长：徐渭，字文长，写有《自为墓志铭》。

㉓生圹（kuàng）：生前预造的墓穴。项王里：在今浙江绍兴西南，相传项羽在此避仇。

㉔李研斋：即李长祥，字研斋。达州（今四川达州）人。崇祯进士，选翰林院庶吉士。明亡后隐居常州，擅古文，著有《天问阁集》等。

㉕伯鸾：即梁鸿，字伯鸾。东汉人，家贫好学，不求仕进。

㉖要离：春秋时期吴国刺客，受公子光之命刺杀王僚之子庆忌，成功后，还吴，渡至江陵，后伏剑自尽。

㉗赝：伪也，是谦辞，自嘲语。

㉘龙门：司马迁生于韩城龙门山，后人常以龙门代称司马迁。意指张岱有修史之志。

㉙孤竹：指伯夷、叔齐。他们反对周武王伐纣，周王朝建立后，不食周粟，饿死在首阳山。

㉚五羖（gǔ）大夫：春秋时秦国大夫百里奚。本为虞国人，晋灭虞后被虏，秦穆公知道其才干，用五张黑羊皮把他赎出来，人称五羖大夫。

㉛陶潜：即陶渊明。

㉜梅福：字子真，西汉时期寿春（今安徽寿县）人。王莽专权，他弃家隐居，江南各地以至闽粤，多有其修炼成仙的遗迹。

㉝三外野人：即郑思肖，字忆翁，号所南。连江（今福建连江）人。南宋灭亡后隐居，自号三外野人。著有《心史》《郑所南先生文集》等。

【赏读】

这是张岱效仿陶渊明、徐渭为自己所写的墓志铭，也是他晚年对自己一生的总结。回顾平生，虽然没有惊天动地的壮举，也没有浪漫传奇的事迹，但人生前后生活的反差如此巨大，个人际遇如此丰富复杂，都使他很难对自己做出准确的评判，正如他个人所说："任世人呼之为败子，为废物，为顽民，为钝秀才，为瞌睡汉，为死老魅也已矣。"不仅他自己说不清,几百年过去,后人也未必说得清楚。

最让张岱念念不忘的是亡国之痛,尽管他做过一番努力,但回天乏术,这让他很是痛苦,唯一能做的事情就是撰述,用自己的笔墨记录见闻,为后人存一份信史。"有明著述鸿儒",如果说要盖棺定论的话,这就是作者自己认可的评价。